BBULMEDIA

http://www.bbulmedia.com

프리크

BBULMEDIA FANTASY STORY

Freak

프리크

엄주현 판타지 장편 소설

4

목 차

Chapter.1

호문쿨루스

산산조각이 나듯이 허물어져 버린 프로티나 아카데미의 어느 담벼락 근처.

그곳에는 똑같이 생긴 외모를 가진 일곱 명의 소녀와 두 명의 중년의 남자가 서로 대치하고 있었다.

그들의 정체는 다름 아닌 로리아나가 도망치기 위해 시간 끌기 용으로 남겨 둔 소녀들, 그리고 그들과 대치하고 있는 존재는 아카데미로 향하던 로턴과 데니크였다.

잠시 그녀들을 주시하던 로턴이 눈동자만 돌린 채 물었다.

"단장님, 아무래도 저 소녀들 혹시……."

"호문쿨루스."

단지 그 한마디뿐이었지만 로턴은 납득했다는 듯 고개를 끄덕였다.

호문쿨루스.

그것은 금지된 비술이라 알려진 신체 연금술을 통해 만들어진 생명체를 일컫는다. 비록 호문쿨루스의 수명은 일반 생명체보다 짧지만 제작자의 의도에 따라 특수한 존재로 탄생시킬 수가 있었다.

예를 들어 마법에 특화된 존재로 만들고자 한다면 처음 탄생될 때부터 마경력이 20년이나 되는 존재를 만들 수도 있었다.

문제는 이 신체 연금술을 행하기 위해선 무엇보다 연금술만이 아닌 흑마법사의 보조도 필요했다. 시간과 자원이 많이 드는 것은 두말할 필요도 없고 말이다. 그 절차가 매우 까다롭고 신중함을 요구로 한다는 것은 당연지사.

데니크는 잔잔히 마력을 끌어모으며 혹시 모를 그녀들의 습격에 대비하고 있었다. 무엇보다 컨트롤러의 조종자에게 자신들을 죽이라는 명령을 받은 상태였기에 아무리 상대가 소녀라고 한들 방심할 수가 없었다.

호문쿨루스는 한 번 명령을 받으면 죽을 때까지 그 명령을 이행하려고 하니까.

아무리 큰 아픔을 느껴도, 절망을 느껴도, 사지가 절단되는 한이 있어도 그들은 맡은 임무를 충실히 다 해내려고 할 것이다.

'뭔가 다급히 도망가려는 것도 그렇고⋯⋯. 이런 금단의 비술인 신체 연금술을 알고 있을 정도라면 뭔가 좋은 예감은 들지 않는군.'

신체 연금술은 흑마법이 활개를 치던 당시에도 상당히 비주류였고, 그 비술을 아는 이가 많지 않았다. 무엇보다 그 시절 당시 흑마법사들을 처단하기 위해 원정대에 속해 있던 그였기에 잘 알고 있던 바였다.

들은 바로는 흑마법사들 층에서도 상당히 고위에 속하는 이들만이 가지고 있다고 알고 있었다.

신체 연금술이 비주류인 이유가 제작이 까다로울 뿐이지 그 위력은 톡톡히 해내는 비술이다. 그랬기에 상당히 위험한 비술로 부류되어 흑마법계에서도 상당히 중요시 여기고 있을 터.

'신체 연금술의 비술을 스스로 알아냈을 거라고는 보이지 않는다. 하물며 이런 아카데미 학생이라면 행동도 제약이 클 터. 그렇다는 건 필시 배후가 있다는 것밖에 설명이 되지 않아.'

데니크는 잠시 생각에 잠겨 있을 때 돌연 로턴이 말했다.

"단장님, 처리하실 겁니까?"

호문쿨루스들이 적대시한 이상 살려 둔다면 끝까지 따

라올 것이 분명했다. 그렇다는 건 처리해야 하는 것은 당연한 상황.

그러나 로턴은 단순히 그런 의미로 처리할 것이냐고 물어본 것이 아니었다.

비록 신체 연금술로 만들어진 존재라고 하더라도 생명체인 것은 틀림없는 사실. 게다가 호문쿨루스라고 하더라도 인간을 모티브로 제작된 존재다.

"게다가 무슨 일인지는 몰라도 클레첼의 외형과 똑같은 모습을 하고 있다니…….."

"클레첼?"

"네, 단장님. 저 소녀들은 제가 알고 있는 클레첼이라는 소녀와 외형이 똑같이 생겼습니다. 아무래도 제 예상으로는 그 소녀를 모티브로 만들어진 것 같습니다."

클레첼에게 뭔가 문제가 생겼다면 필시 그 영향은 테리언도 받을 것이다. 그런 생각이 들자 로턴은 저도 모르게 긴장과 불안감이 생겼다.

그리고 한 가지 더.

만약 클레첼을 모티브로 만들어진 것이 정말 사실이라면…….

"단장님, 조심하십시오."

"알고 있다네."

"아뇨. 생각하시는 것보다 더욱 조심하셔야 합니다."

"그게 무슨 말인가?"

"아마 제 예상대로 저 소녀들이 제가 알고 있는 클레첼이란 소녀를 모티브로 만들어진 존재라면……. 마법에 대한 면역력이 강할 것으로 생각됩니다."

"……성가시겠군."

로턴과 데니크의 움직임이 심상치 않은 것을 느꼈는지 호문쿨루스들의 움직임에 긴장이 서렸다.

마치 시간이 멈춘 듯 주변의 흐르던 바람이 어느 샌가 뚝 그쳤다.

그리고 그것은 폭풍전야를 알리는 순간이었다.

타앗!

가장 먼저 움직인 쪽은 호문쿨루스들 쪽이었다.

처음 명령을 받았던 것 그대로 두 명의 호문쿨루스들은 로턴에게 붙었으며 다섯 명의 호문쿨루스들은 데니크에게 붙었다.

초보자들의 마법 싸움에는 각종 시동어를 외치느라 제법 근사한 모습을 연출하지만 고수들의 마법 싸움에는 그런 것은 없었다.

살기 위하여 싸우는 그들에게 있어서는 시동어를 외우는 시간조차 아까운 상황!

"로턴, 잘 해낼 수 있으리라 믿네!"

"염려 붙들어 매십시오!"

뭉쳐서 싸우면 여러모로 편하겠지만 현재의 그들에게 있어선 오히려 방해가 될 뿐이었다. 무엇보다 단체 싸움은 서로 간의 손발이 맞아야 하지만 로턴과 데니크는 서로 협동을 해 본적이 없었으니까 말이다.

이때는 오히려 서로 떨어져 주는 게 서로 간의 마나의 흐름에 휘말려 마법 영창에 방해가 되지 않도록 도와주는 것이었다.

스윽.

호문쿨루스들이 로턴과 데니크가 서 있던 자리를 향해 덮쳐 오기 일보직전의 순간, 그들은 동시에 순간 이동 마법으로 양옆으로 갈라졌다.

다량의 적이 순식간에 산개하면 공격하는 자들은 한순간이라도 망설이게 된다. 그리고 이 망설임은 결정적인 실수가 될 수도 있지만, 그것은 어디까지나 '감정'이 비롯되어 벌어지는 일이다.

하지만 감정이 없는 호문쿨루스들에겐 소용없는 짓이었다.

그녀들은 한순간의 머뭇거림도 없이 처음 퀼러트가 명령한 대로 그들을 따라붙기 시작했다.

"흐읍!"

먼저 자신을 향해 달려드는 두 명의 호문쿨루스들을 바라보면서 로턴은 짧게 숨을 들이켰다. 그 후 오른손에 마법진을 형성시킨 후 있는 힘껏 오른쪽 손등을 향해 강하게 입김을 내불었다.

휘이이잉—!

그 순간 강풍이 휘몰아침과 동시에 로턴을 향해 달려들던 호문쿨루스들의 움직임이 멈칫했다.

한편, 각종 방어 마법으로 유유자적하게 호문쿨루스들을 상대하던 데니크가 그 모습을 보면서 내심 감탄했다.

'대단하군. 일시적으로 마력을 폭발시켜 한순간에 강력한 힘을 낼 수 있는 폭사 마법을 이용해 평범한 입김을 저렇게 강풍으로 만들어 내다니…….'

원래 폭사 마법은 특정한 마도구의 위력을 한순간에 강화시킬 때 사용하는 보조 마법이었다. 그런데 로턴의 경우처럼 마도구가 아닌 형체가 없는 바람을 강화시키기 위해서는 복잡한 응용이 필요했다.

특히나 로턴의 오른 손바닥에 구성된 저 마법진은 겉보기엔 그냥 평범한 마법진 같지만 데니크 같은 마법사라면 단번에 알 수 있었다. 저 마법진의 구성이 얼마나 치밀하고 정교한지를.

결코 아무나 흉내 낼 수 있는 기술이 아니었다.

'하지만 망설이고 있군.'

그러나 방금 저 행동은 어디까지나 견제에 지나지 않았다. 진짜 호문쿨루스들과 싸울 마음이 있었다면 견제 마법이 아닌 공격을 했으리라.

특히나 과거 로턴이 개발하여 특허까지 얻은 기술로 알려진 마법인 수전풍(水電風)을 썼더라면 엄청난 치명타를 입혔을 수도 있다.

물을 일으킨 후 그 물에 전기 마법을 더해 위력을 가미시킨다. 그 후 마지막으로 바람 마법을 이용해 폭풍을 만들어 내서 일대에 있는 이들을 순식간에 감전사시키는 광역 마법!

이른바 일대 다수에서 절대적으로 유리한 마법이었지만 그는 사용하지 못했다. 아니, 일부러 안 했다고 볼 수 있었다.

상대가 인간과 똑같이 생긴 존재였기에, 그것도 어린 소녀의 외형을 가진 호문쿨루스이었기에.

'그 마음 이해한다, 로턴. 그 망설임도, 그 마음가짐도. 하지만 여기서 망설인다면 모두가 위험해질 수도 있다는 것을 알아야 해.'

데니크는 직접적인 공격 마법은 통하지 않는다는 것을 알아채고선 염력 마법으로 주변에 있던 나무들을 베어 냈다. 그 후 묵직한 몽둥이로 형성시켜 조종하는 식으로 호문쿨루스들을 상대하고 있었다.

원래라면 호문쿨루스들이라면 저런 나무 쪼가리쯤이야 간단히 격파할 수 있었을 터였다. 무엇보다도 그녀들은 클레첼의 신체 강화술의 힘과 신체 연금술을 행하면서 깃들어진 흑마력이 가미된 존재들이었다.

발리스타로도 쉽게 부수기 힘든 담벼락을 발차기로 부술 정도의 위력을 보였으니까 말 다한 셈이다.

그런데도 불구하고 데니크가 조종하는 나무 몽둥이는 부러지기는커녕 오히려 호문쿨루스들의 몸을 부러트릴 기세로 휘두르고 있었다.

그 이유는 간단했다. 바로 나무 몽둥이에 데니크의 마력이 주입되었기 때문이었다.

팍! 타악!

나무 몽둥이가 호문쿨루스들을 향해 날아들 때마다 호문쿨루스들은 직접 손이나 발로 막아 냈다.

나름 신체 강화술을 믿고 있는 건지도 모르겠지만 무엇보다 근본적으로 저들은 아픔이란 것 자체를 느끼지 못하니까. 그러다 보니 저렇게 매서운 몽둥이질에도 담담하게 맨몸으로 막아 내고 있는 것이었다.

한 치의 표정의 흐트러짐도 없이.

'하지만 역시 불안정해. 원본의 힘이 얼마나 대단한지는 모르겠지만 저 신체를 강화시키는 마나의 운용이 점차 흐트러지기 시작했다.'

수십 번의 격돌이 이루어지고 나니 슬슬 호문쿨루스들의 몸에 생채기와 멍이 들기 시작했다. 신체 강화술도 엄연히 마력을 끌어다 사용하는 것이다.

단순히 유지하는 것만으로도 마력이 꾸준히 소모되는데, 상처가 나서 자연 치유력이 발휘되면 그 마력은 배로 소모된다.

하물며 데니크의 몽둥이질로 인해 수십 차례 상처를 입다 보니 마력이 물 새듯 줄줄 흘렀고 이내 고갈 상태에 다다르는 것이었다.

'귀찮군. 그래도 로턴이 보는 앞인데 매정하게 죽여 버리자니 체면이 안 서고⋯⋯. 게다가 로턴도 어떻게든 안 죽이려고 애를 쓰고 있으니 원.'

어서 빨리 도망간 로리아나와 퀼러트를 붙잡아야 했지만, 이 호문쿨루스들이 상당히 끈질겼다. 봐주면서 상대하다 보니 상당히 고전을 면치 못하고 있는 로턴과는 달리 데니크는 한 차례 물러났던 이후 한 발자국도 움직이지 않은 상태였다.

단지 그 자리에 가만히 서서 유유자적하게 마나를 운용, 즉석으로 만든 나무 몽둥이로 호문쿨루스들을 가볍게 유린하고 있을 따름이었다.

특히나 염력 마법은 고도의 집중을 요구로 하는 마법이다. 그런데 데니크는 한 개도 아닌 수십 개의 몽둥이를 자유자재로 다루고 있었다.

단지 데니크가 질질 끌고 있는 이유는 로턴 때문이었

다. 사실 데니크에게 있어서 저 불안정한 호문쿨루스들은 마음만 먹었으면 일격에 날려 버릴 수 있을 정도로 약했다. 단지 일부러 뜸을 들이는 건 로턴의 마법 실력을 보기 위해서였다.

'대단해. 기존의 마법 운용식을 떠난 자기만의 개량형 운용 방식. 과연 마법계의 괴짜라고 불리는 로턴답다. 게다가 은퇴했다고 들었는데, 과거보다 더욱 실력이 늘어난 것 같군. 정말 안타까운 인재야. 우리 황궁마법단 소속까지는 아니더라도 내 제자만 되어 준다면 참 좋을 텐데.'

데니크는 오래전부터 로턴을 눈독 들이고 있던 바였다.

만약 그날 일어난 프로티나 왕국에서 일어난 '반란의 폭동' 사건만 아니었다면 로턴은 정말 자신의 제자가 될 수도 있었을지도 모른다.

"크악!"

바로 그때, 수세에 몰리던 로턴이 끝내 호문쿨루스 중 한 명에게 발차기를 직격으로 맞고 말았다. 나름 방어 마법을 전개하여 막아 내긴 했지만 급히 만든 것이라 그다지 효력은 보지 못했다.

그나마 반사적으로 움츠렸던 오른팔이 막아 주어 다행히 머리가 맞지는 않았지만, 대신 오른팔이 부러지는 참사를 당해야만 했다.

"으으."

힘의 반동으로 멀찍이 나동그라지는 로턴.

도와준다면 진즉에 도와줬겠지만 데니크는 일부러 그러지 않았다.

'언제까지 망설이고 있을 것이냐, 로턴.'

호문쿨루스도 겉으로는 인간과 별반 다를 것이 없는 존재다. 게다가 하필이면 저렇게 연약해 보이는 소녀의 외형을 가진 호문쿨루스.

데니크는 그렇다 치더라도 자신의 딸과 비슷한 또래의 소녀를 상대하려니 로턴의 처지에선 껄끄러운 면이 있었던 것이다.

'그 호문쿨루스들을 조종하던 학생들. 빠르게 멀어지고는 있지만 쉽사리 수도 바깥으로 나가진 못할 것이다.'

데니크와 로턴은 이미 그들이 도망치던 순간에 재빨리 마법을 통해 프로티나 왕궁 마법단 쪽에 연락을 넣은 상태였다.

안 그래도 왕궁 마법단 측에서도 아카데미 내의 불온한 기운을 감지했던 상황인지라 이미 만사의 준비가 완료된 상태. 아마 지금쯤이면 관문소에서 진을 치고 있으리라.

데니크가 재빨리 호문쿨루스를 처리하지 않고 여유를 부릴 수 있던 것도 이러한 이유 때문이었다.

"로턴, 언제까지 봐주고만 있을 텐가?"

"으윽."

로턴은 부러진 오른팔을 치료를 할 틈도 없이 무섭게 몰아치는 호문쿨루스들의 공격을 막아 내고 있었다.

샤악— 휙—

호문쿨루스들이 내지르는 주먹질과 발차기의 위력은 파공음을 낼 정도로 강력했다.

마법사인 로턴에겐 한 대만 맞아도 치명상일 정도의 위력!

호문쿨루스들은 강력한 수전풍을 사용해도 쓰러트리는 게 아닌 치명타만 입힐 정도로 마법 저항력이 강하다. 더불어 저렇게 기본 체력까지 증폭시키는 위력을 가지고 있으니 장기전으로 간다면 로턴이 절대적으로 불리할 것이다.

'쯔쯧, 안 되겠어. 아무래도 결단을 내리지 못할 것 같군.'

눈여겨보았던 제자 후보였기에 스스로 해결할 것이라 기대했다. 하지만 저렇게 몸이 상할 정도로 고전을 면치 못하니 더 이상 바라봐 줄 수 없었다.

딱!

데니크가 손가락을 튕기자 데니크를 노렸던 다섯 명의 호문쿨루스들을 상대하던 나무 몽둥이에서 화려한 빛이 방출되었다. 그리고는 아까와는 비교도 할 수 없는 엄청난 스피드로 움직이더니 호문쿨루스들의 무릎과 다리를 매섭게 내려쳤다.

우드드득!

그러자 신체 강화술로 강화되어 있던 호문쿨루스들의 육체가 속절없이 무너져 내렸다.

단순히 다리와 무릎이 부러졌다는 것 때문도 있었다. 그러나 무엇보다 데니크가 방금 전 손가락을 튕기며 나무 몽둥이에 추가적으로 불어넣었던 타약(打弱) 마법.

어떤 물체에 타약 마법을 시전시킨 후 특정한 물체와 접촉시키면 해당 물체에 강한 마나의 파동을 불어넣어 흐름을 흩뜨려 놓을 수 있었다.

예를 들어 검에다가 타약 마법을 걸어 놓은 후 검기를 발산하고 있는 검과 맞닿게 하면 상대방의 검기를 풀려 버리게 만들 수도 있었다.

물론 상대의 경지가 타약 마법을 걸어 놓은 자보다 높으면 통하지 않겠지만 데니크는 마법사 중에서도 현존 최강의 마법사.

하물며 퀄러트에 의해 어설프게 만들어진 불안정한 호문쿨루스들로써는 신체 강화술이라 하더라도 견디기 힘든 것이었다.

그렇게 순식간에 다섯 명의 호문쿨루스들을 전투 불능으로 만들어 버린 데니크는 로틴에게 따라붙었던 나머지 두 명도 똑같은 식으로 처리했다.

우득! 우드드득!

나무 몽둥이가 연약한 호문쿨루스들의 다리를 직격할 때마다 뼈가 요란하게 부러지는 소리가 들려왔다.

시커멓게 피멍이 드는가 하면 나무 몽둥이의 위력이 강해 살이 뭉텅이 째로 뜯겨 나가 피가 흐르기도 했다.

결국 보다 못한 로턴이 절규하듯 소리쳤다.

"데니크 단장님!"

"왜 그러지?"

"이제 그만하셔도 되지 않습니까!"

"로턴, 정신 차리게. 저 호문쿨루스들은 우리들을 죽이라는 명령을 받았어. 쓰러트리지 않는다면 저 호문쿨루스들은 죽을 때까지 우리들에게 달려드려 할 거야. 그렇다면 혹시 그냥 호문쿨루스들에게 당해 주고 싶은 건가?"

"그건……."

데니크에 의해 순식간에 정리되어 버린 일곱 명의 호문쿨루스들. 그런데 그녀들은 무릎과 다리가 완전히 부러졌음에도 불구하고 온몸으로 기면서까지 데니크와 로턴을 향해 다가오려고 하고 있었다. 그것도 한 치의 표정의 변화도 없이 묵묵히.

그 모습은 정말로 그들의 감정이 없는 존재라는 것을 다시 한 번 부각시켜 주었다.

"어떻게 할 텐가, 로턴. 그나마 자네를 배려해서 전투 불능으로만 만들어 놨지만 이 호문쿨루스들을 이대로 살려 둘 수는 없다는 건 자네가 더 잘 알고 있겠지?"

아무리 인간과 똑같다고 한들 그들은 결국엔 금지된 기술로 만들어진 존재들이다. 하물며 절대로 가까이 해선 안 된다는 흑마력을 머금고 있는 존재들.

행여나 여기서 살려 준다 하더라도 그녀들은 호문쿨루스 특유의 짧은 수명으로 인해 오래 살지 못한다.

무엇보다 현재 호문쿨루스들의 체내에 있는 흑마력은 그녀들의 힘을 강하게 해 주는 동시에 생명을 갉아먹고 있었으니까.

힘을 쓰면 쓸수록 흑마력은 점점 더 호문쿨루스의 체내를 잠식하다가 마지막에는 흑마력에 먹혀 자멸하리라.

과거 아카데미에서 로리아나가 건네준 흑마액으로 인해 스스로 파멸에 이른 제라크처럼 말이다.

만약 호문쿨루스들을 위한 길이 있다면 지금이라도 편히 죽여 주는 것이 나으리라.

"……그럼 부탁드리겠습니다."

"잘 생각했네. 마음은 안타깝더라도 현재로썬 흑마력을 없애는 방법은 없으니까."

로턴이 고개를 떨어뜨리며 두 주먹을 불끈 쥐었다.

수많은 전장을 돌아다니면서 수많은 이들을 학살한 경험이 있는 전투 마법사인 데니크와는 달리 로턴은 그저 연구실에 틀어박혀 마법 연구를 좋아하는 순수한 연구 마법사일 뿐이었다. 그런 그에게 있어 생명을 없앤다는 행위는 쉬운 일이 아니었던 것이다.

게다가 이렇게 어쩔 수 없이 죽여야만 하는 상황은 로턴에겐 너무나 가혹한 일이었다.

"걱정 말게. 고통을 느끼지도 못하게 한순간에 죽일 테니까. 뭐, 감정이 없는 호문쿨루스들이 그런 것이 남아 있을지는 모르겠다만."

데니크는 자신들을 향해 기어 오는 호문쿨루스들을 향해 손바닥을 펼쳐 보였다.

그 순간 그의 손바닥에 겹겹이 전개되는 세 개의 마법진.

하나는 불의 마법진이었으며 다른 하나는 바람의 마법진. 그리고 마지막은 아까 전 로턴이 사용했던 폭사를 발동시키기 위한 마법진이었다.

마지막으로 데니크가 속으로 시동어만 외우면 저 호문쿨루스들은 순식간에 초고열의 화염 폭풍에 휘말려 잿더미로 변할 것이다.

"잠깐만요! 제발 멈춰 주세요!"

그때 무너졌던 아카데미의 담벼락에서 한 소녀가 빠른 속도로 뛰어왔다. 그 소녀는 놀랄 만큼이나 호문쿨루스들과 빼닮아 있었다.

"클레첼?"

부들부들 떨고 있던 로턴은 그녀의 갑작스러운 등장에 어안이 벙벙한 표정을 지었다.

잠시 클레첼을 지켜보던 데니크는 머지않아 클레첼이란 소녀가 저 호문쿨루스들의 원본 베이스라는 것을 깨달았다.

그러나 여전히 손바닥에 전개해 두었던 마법진은 거두지 않은 채였다.

"아가씨, 어떤 상황인지는 대충 알겠다만 이미 저 호문쿨루스들은 되돌릴 수 없어. 게다가 어설픈 연금술로 만들어진 존재라서 얼마 못 산다. 더불어 흑마력에 잠식된 상태라서 그 수명은 더욱 짧겠지. 그러니까 포기⋯⋯."

"잠깐만요. 조금만 시간을 주세요. 제가 어떻게든 해 볼게요."

"아가씨가 어떻게 할 수 있을 것 같진 않은데?"

"그, 그래도⋯⋯."

"게다가 저 존재들이 외부에 알려졌다간 엄청난 소란이 일어날 게야. 아가씨의 마음은 잘 알겠지만 행여나 저 호문쿨루스들이 오래 살 수 있다고 하더라도 살려 둘 수 없어. 평화를 위해서라도, 잠재적인 위협을 가지고 있는 저들은 없애 버려야만 한다."

"그래도⋯⋯!"

클레첼은 뭐라고 더 항변하려는 순간이었다.

갑자기 데니크에게서 엄청난 기세가 뿜어져 나오더니 클레첼의 전신을 짓누르듯이 억압했다.

표정엔 변화가 없는 데니크였지만, 그런 그에게서 뿜어져 나오는 기운은 무언의 경고와도 같았다.

일반인이라면 정신이 혼미해질 정도의 기세였으나 신체 강화술로 단련된 클레첼은 꿋꿋이 버텨 냈다. 그러나 상대는 다름 아닌 현존 최강의 마법사.

"크흑!"

결국 클레첼은 다리에 힘이 풀린 나머지 털썩 주저앉았다. 그리고는 자신을 향해 어기적거리며 기어 오는 호문쿨루스들을 바라보며 끝내 눈물을 쏟아 내기 시작했다.

'나 때문이야. 내가…… 내가 조금만 더 상황 판단이 빨랐더라면…….'

로리아나와 퀼러트 들의 음모는 마음만 먹는다면 언제든지 저지시킬 수 있었다.

그러나 일말의 불안감 때문에, 한순간의 망설임으로 인해 그러지 못했다.

적어도 누군가에게 도와달라고 손을 내뻗기만 했어도 상황은 조금이라도 나아질 수 있었을 텐데…….

데니크는 자신들을 향해 기어 오는 호문쿨루스들에게 한 발자국 나아갔다.

그러고는 미리 손바닥에 전개시켜 놓았던 마법진을 그들을 향해 조준했다.

그 모습에 로턴은 가만히 서 있는 채 고개를 숙여 애써 시선을 외면했고, 클레첼은 못내 안타까운 표정으로 그 모습을 바라보고 있을 따름이었다.

그리고 마침내 데니크가 손바닥을 강하게 움켜쥐자 호문쿨루스들이 있던 바닥에 거대한 붉은 마법진이 형성되었다. 그와 동시에 허공에는 초록색 마법진이 형성되며 칼날보다 날카로운 기류를 생성시키던 찰나였다.

챙그랑!

그런데 어째서인지 데니크가 발동시켰던 마법진이 유리창이 박살나듯이 깨져 버렸다.

그 모습에 로턴은 물론이며 클레첼 마저 깜짝 놀라지 않을 수 없었다. 단순히 데니크의 마법진이 부서졌기 때문이 아니었다.

"휴— 조금만 늦었어도 큰일 날 뻔했네."

놀랍게도 아카데미의 담벼락에서 또 다른 이가 등장했기 때문이었다.

그 모습에 가장 먼저 반응을 보인 것은 다름 아닌 클레첼이었다.

"테리언!"

프로토 타입의 소녀를 등지고 서 있는 테리언의 아슬아

슬한 등장이었다.

*　　　*　　　*

'이제 조금만 더 가면 관문소다. 관문소만 지나면 드디어 파란만장한 인생이 펼쳐진다!'

로리아나는 잔뜩 상기된 표정으로 가르반의 관문소를 향해 날아가고 있었다.

이때를 위해 자그마치 2년을 기다렸다.

진즉에 졸업하고도 남았을 프로티나 아카데미에 일부러 남아 있으면서까지 그녀가 진행해온 단 하나의 목적.

그리고 지금 그 목적이 마침내 결실을 맺으려고 한다.

'그 만남은 어쩌면 우연이 아니라 운명이었던 걸지도 모르지.'

어느 날 만났던 잿빛 로브의 사내. 그리고 그와의 거래는 로리아나의 닫혀 있던 경지의 문을 새로이 열게 만들어 주었다.

그가 건네주었던 한 마도서는 기존의 나약했던 로리아나를 강하게 만들어 주었다. 더불어 그는 마도서에 적힌 '신체 연금술'이라는 기술을 통해 호문쿨루스들을 만들어 주면 후한 보상을 주겠다고 약속했다.

'의외의 인물들을 만나는 바람에 손해가 좀 생기긴 했

지만 아직까진 큰 출혈은 아니야. 이 정도 개체만이라도 성공적으로 그에게 전달할 수 있다면 평생 먹고 살 걱정은 안 해도 된다!'

앞으로의 창창할 날을 떠올리니 절로 마음이 붕 뜨는 순간이었다.

"로리아나, 잠시만!"

행복한 망상에 빠져 있던 로리아나의 정신이 돌연 퀼러트의 외침으로 인해 깨져 버렸다.

"왜 그래 갑자기?"

"저기 앞을 봐!"

퀼러트가 손을 가리키며 소리친 곳을 바라보니 그곳에는 가르반을 빠져나가는 관문소가 있었다.

처음에는 다 도착했다고 알려 주기 위해서 불렀나 싶었지만, 그렇기엔 퀼러트의 목소리에서 너무나 다급하게 느껴졌었다.

'잠깐. 저자들은 누구지?'

뭔가 이상한 낌새를 느낀 로리아나는 미간을 찌푸리며 관문소를 바라보았다. 그러자 그곳에는 연녹색의 로브에 정교한 세공이 되어 있는 고풍스러운 지팡이를 들고 있는 대거의 마법사들이 진을 치고 있었다.

보통 관문소에는 검문에 필요한 최소한의 병사들만 있을 터.

그런데 저런 마법사들까지 대등할리가 없을 처지였다.

그 모습을 본 퀼러트는 안색이 파래지더니 식은땀을 흘렸다.

"이거 아무래도 눈치챈 거 같은데……."

로리아나도 알고 있다는 듯 무겁게 고개를 끄덕였다.

"분명 그자가 먼저 와서 처리를 해 놓겠다고 했던 것 같았는데……. 아무래도 저들이 사전에 처리를 해 놓은 것 같아."

그 증거로써는 저 마법사들의 주변에 쓰러져 있는 검은 복면을 뒤집어쓴 자객들을 보면 알 수 있었다.

과거 처음 '그'와 만났을 때 그의 주변에 있던 자들과 똑같은 디자인의 옷차림을 하고 있었으니까.

로리아나와 퀼러트가 20m 남짓한 상황에서 발걸음을 멈칫하자 덩달아 뒤에서 따라오던 호문쿨루스들도 연달아 발걸음을 멈추었다.

"데니크 단장님께서 긴급 연락을 넣어서 무슨 일인가 했더니, 아무래도 너희들 같군."

마법사 무리 중에서 대장처럼 보이는 존재가 로리아나들을 향해 한 걸음 다가오며 지팡이를 들어 보였다.

'이 기운, 보통내기가 아니야.'

아까 전에 만나던 데니크와는 한참 미치지 못했지만 로턴보다도 한 수 위의 수준.

게다가 자신들의 앞에 나선 저 남자뿐만이 아니라 저들의 뒤에 있는 모든 자들도 로턴과 맞먹거나 혹은 그 이상의 기운을 가진 존재들뿐이었다.

같은 마법사이기에 로리아나는 본능적으로, 그리고 이성적으로 깨달을 수 있었다.

이대로라면 자신들이 불리하다는 것을.

아무리 신체 강화술을 통해 마법 저항력을 높인 호문쿨루스들이라 하더라도 저들은 이제 막 태어난 존재들이다. 이른바 갓난아기와도 같은 상태.

제대로 된 전투 훈련도 받지 않은 상황에서 저런 괴물 같은 존재들과 정면 대결을 한다면 설사 이긴다 하더라도 만신창이가 되리라.

"퀄러트…… 아무래도 그걸 써야겠다."

"그거라니? 뭐가?"

"내가 저번에 마도서에 적혀 있던 거 알려 준 그거 있잖아! 마나의 기운을 굳어 버리게 만드는 그 약 말이야."

"아아, 그때 세르갈이라는 귀족한테 팔아서 돈 좀 챙겼던 흑정액(黑停液) 말이군. 하지만 그건 최후의 보루라며? 만약 '그'가 배신을 했을 때를 대비해서 준비한……."

"지금이 그 최후의 보루라고! 현재 상태론 우리 호문쿨루스들을 전부 움직여도 저들은 못 이겨!"

"알았다고. 그럼 몇 개를 꺼내면 되는……."

"가지고 있는 거 전부 꺼내!"

퀼러트가 품 안의 속주머니를 뒤적거리자 관문소에 있던 마법사들이 낌새를 눈치챘는지 일제히 마나를 끌어올렸다.

"모두 전투태세!"

한 발자국 앞에 서 있던 남자 역시 마나를 끌어모으며 매섭게 로리아나들을 노려보았다.

"허튼짓하지 않는 게 좋을 거다. 우리는 프로티나 왕궁 마법단 소속, 그리고 나는 단장인 칼레이돈이다. 너희들은 대륙 마법 협회의 금지된 기술로 알려진 신체 연금술을 행한 혐의로 강제 구속하겠다."

"역시 눈치챈 게 맞나 보네. 하지만 쉽게 잡혀 줄 생각은 없어."

로리아나는 퀼러트에게서 건네받은 다량의 흑정액이 담긴 병들을 허공에 흩뿌렸다. 그리고는 마법을 일으켜 흑정액을 부수자 병에 담겨 있던 흑정액이 허공에 퍼지며 동시에 거무스름한 연기가 퍼졌다.

슈우우웅—

그러자 로리아나를 포함해 왕궁 마법단원 전원의 마나가 강제적으로 가라앉기 시작했다.

당황한 왕궁 마법단원들은 애써 마나를 다시 끌어올려 보려 했지만 잠들어 버린 마나는 좀처럼 말을 들을 생각을 하지 못했다.

칼레이돈 역시 자신의 마나가 꼼짝도 않는다는 것을 느꼈지만 다른 왕궁 마법단원처럼 당황해지진 않았다. 오히려 더욱 표정이 일그러지며 그저 낭패감 어린 표정을 지을 뿐이었다.

"방금 뿌린 것, 흑정액이로군."

과거 흑마법사 들을 대대적으로 뿌리 뽑을 때 일원 중 하나였던 칼레이돈이었기에 알 수 있었다. 불가피하게 흑마법사들과 교전할 때 그들이 도망칠 때 자주 쓰던 것이었기에 잊으려야 잊을 수가 없었다.

매번 흑마법사들을 놓쳤던 이유도 저 흑정액 때문인 경우가 많았으니까.

"하지만 알아채는 게 늦었어. 마법을 쓰지 못하는 너희들은 그저 평범한 일반인일 뿐이지. 퀄러트!"

"전부 쓰러트려라!"

퀄러트가 컨트롤러를 쥐며 소리치자 뒤에 서 있던 호문쿨루스들의 눈빛이 섬뜩하게 번뜩였다. 그리고는 너, 나, 할 것 없이 동시에 도약하더니 섬전과도 같은 속도로 왕궁 마법단원들을 향해 쏘아져 나갔다.

비록 호문쿨루스들 역시 신체 강화술의 위력이 떨어졌으나 완전히 사라지지는 않았다. 애초에 마나를 바깥으로 표출하는 것과 내부에 있는 것과는 천지차이였으니까.

특히나 내부에서 그 위력이 발동되는 신체 강화술이었기에 위력이 감소되더라도 그 일부 정도는 사용이 가능했다.

"크악!"

"컥!"

"으아아악!"

호문쿨루스들의 폭풍과도 같은 연격에 왕궁 마법단원들이 추풍낙엽처럼 쓰러져갔다.

아무리 왕국에서 인정한 마법사들이라 하더라도 마법을 쓰지 못하는 그들은 말 그대로 평범한 사람에 지나지 않았다. 아니, 오히려 일반인보다 못한 존재들이었다.

가장 선두로 서 있던 칼레이돈은 애써 팔을 X자로 들어 보이며 막았지만, 호문쿨루스의 발차기는 그런 그를 관문소의 문까지 날려 보내 버렸다.

그 외의 다른 마법사들은 볼 것도 없었다.

마법 외에 육탄전이라곤 단 한 번도 겪어 보지 못한 그들은 호문쿨루스들의 해머와도 같은 괴력에 속절없이 무너져 내릴 뿐이었다.

그 모습을 보며 로리아나는 희열에 빠졌다.

'엄청나잖아! 비록 흑정액의 도움이 있긴 했지만 저 정도의 전투력이라니! 이건 뭐 조금만 훈련을 시킨다면 대량 살상 병기로도 사용이 가능하겠는데?'

그렇게 위풍당당한 기세를 뿜어내던 왕궁 마법단들은 삽시간에 호문쿨루스들에 의해 초주검이 되어 버렸다.

유일하게 한 대만 맞고 멀찍이 나가떨어졌던 칼레이돈만이 비틀거리면서 자리에서 일어날 뿐이었다.

"괜찮으십니까! 칼레이돈 님!"

"일단 피신하십시오. 여기는 관문소를 지키는 우리가 막고 있겠습니다!"

관문소를 지키던 병사들이 칼레이돈을 부축하며 말했지만 칼레이돈은 힘겹게 고개를 저으며 대답했다.

"나 혼자 도망갈 수는 없네. 조금만…… 조금만 더 버티면 데니크 단장님께서 구하러 와 주실 거야. 적어도 그때까지 만이라도 버텨야……."

"어이, 타치바드!"

두 명의 병사가 쓰러진 칼레이돈을 부축해 주고 있을 때 돌연 관문소 입구 쪽에서 다른 한 명의 병사가 나타났다.

타치바드라 불린 병사는 자신들을 향해 다가오려는 호문쿨루스들을 경계하고 있다가 문득 자신의 이름이 불리자 돌아보지 않은 채 대답했다.

"무슨 일이야! 지금 위기 상황인 거 안 보여?"

"아니, 그게 아니라……."

"그럼 대체 무슨 일인데? 그나저나 왕궁 측에서의 지원 요청은 보낸 거야?"

"보내긴 했어. 그런데……."

자꾸 병사가 말끝을 흐리자 타치바드가 답답했는지 버럭 소리쳤다.

"빨리 말해!"

"그게 관문소 앞에 공주님이 오셨다고!"

"뭐? 그게 무슨 말도 안 되는 소리…… 헉!"

타치바드는 관문소 쪽으로 고개를 돌리기 무섭게 그만 헛숨을 삼키고 말았다.

칼레이돈 역시 부축을 받다가 관문소 입구에서 나타난 한 명의 소녀를 보고서는 두 눈이 찢어질 듯이 커졌다.

"고, 공주님! 어째서 여기에……!"

"……."

레이시라는 죽어 있는 듯한 눈빛으로 지긋이 호문쿨루스들을 바라볼 따름이었다.

당황해하는 다른 이들과는 달리 유일하게 그녀만이 평정심을 유지했다.

'뭐? 공주라고? 왜 공주라는 존재가 저기 있어?'

로리아나도 적지 않아 당황했는지 잠시 머뭇거렸지만 머지않아 정신을 차렸다. 공주든 뭐든 지금 흑정액의 범위 안에 있는 한, 저 호문쿨루스들을 이길 존재는 없다.

"퀄러트, 무시하고 돌파하자!"

"알았어!"

로리아나와 퀼러트는 호문쿨루스들을 선방으로 세우며 관문소를 향해 달려들었다.

갑작스러운 레이시라의 등장에 다소 놀라긴 했지만 그렇다고 상황이 달라지진 않는다. 그저 그들에게 있어선 이 관문소만 지나면 모든 일이 해결될 일이었으니까.

"공주님! 위험합니다!"

칼레이돈이 애타게 외치며 도와주려고 뛰쳐나가려던 순간이었다.

호문쿨루스들이 레이시라의 앞에 다가오기 일보직전의 순간 레이시라가 손을 펼쳐 보였다. 그러자 그녀의 손에 무려 다섯 개의 마법진이 전개되더니 모든 호문쿨루스들을 일격에 날려 버렸다.

달려들던 로리아나 마저 갑작스러운 레이시라의 마법 시전에 소스라치게 놀라며 멈칫할 수밖에 없었다.

"어, 어떻게 마법을……!"

당황한 나머지 제대로 말조차 나오지 못했다.

퀼러트 역시 흑정액의 위력을 알고 있었기에 레이시라의 모습에 턱이 빠질 정도로 입을 벌렸다.

흑정액의 범위에 들어오게 되면 어지간한 마법사는 마나조차 끌어올리지 못한다. 만약 흑정액 속에서도 마나를 끌어올릴 수 있다면, 더불어 마법까지 시전할 수 있을 정도라면 족히 마경력 40년에는 달해야 한다.

'레이시라가 뛰어난 마법사라고는 해도, 설마 이 정도였단 말이야?'

로리아나는 경악에 어려 레이시라가 다가오고 있음에도 불구하고 제대로 움직이지도 못했다.

현재 레이시라에게서 뿜어져 나오는 마나의 기운.

그것은 감히 마도서를 통해 부정적으로 강해진 로리아나 따위가 감당할 수 있는 기운이 아니었다.

'어?'

그런데 이상하게도 레이시라는 로리아나들을 무시한 채로 그냥 지나치더니 허무하게도 순간 이동 마법으로 어디론가 사라져 버렸다.

Chapter.2

도와줘

테리언의 갑작스러운 난입에 방금 전까지만 해도 살기가 넘쳐흐르던 분위기가 순식간에 반전되었다.

그중 가장 결정적이었던 것은 다름 아닌 위압적인 기세를 풀풀 풍기던 데니크의 기세가 수그러들었다는 것이었다.

당장이라도 호문쿨루스들을 태워 버릴 듯했던 데니크는 자신의 마법이 취소된 것이 믿겨지지 않는 지 잠시 실색한 표정을 지었다.

"테리언?"

특히나 로턴은 예상치 못한 인물의 등장에 놀람을 감추지 못했다.

"로턴 아저씨!"

테리언도 의외의 인물을 만나 잠시 반가움을 느꼈지만 로턴이 다친 상태라는 것을 깨닫고는 순식간에 표정이 굳었다.

당황한 테리언이 다급히 뛰어가 로턴을 부축해 주며 물었다.

"아저씨, 어떻게 된 일이야? 왜 이렇게 다쳤어?"

"크윽, 그보다 네가 어떻게 여길 알고 온 거냐?"

솔직히 벽이 무너지면서 굉장한 소리가 나긴 했다. 그런데 테리언은 벽이 무너지는 소리를 듣고 왔다기엔 오는 타이밍이 너무나 빨랐다. 마치 이런 상황이 올 것이란 것을 예상했다는 듯이.

"난 그냥 이 아이가 끌고 오는 바람에 얼떨결에 온 건데?"

테리언은 어느새 자신의 뒤에 따라온 소녀를 가리키며 말했다.

클레첼과 너무나도 닮은 소녀.

클레첼이 옆에 서 있었기에 로턴은 그 소녀가 클레첼이 아니라는 것을 알 수 있었다. 그렇다는 건 저기 앞에 있는 호문쿨루스들과 똑같은 존재라는 건데, 놀라운 건 기의 흐름이 다르다는 것이었다.

현재 데니크에 의해 전투 불능이 되어 어기적거리고 있

는 호문쿨루스들과는 달리 테리언과 있던 소녀는 좀 더 기의 흐름이 안정되어 있었다. 노련한 마법사의 눈썰미가 아니라면 평범한 사람과 똑같다고 느낄 정도로 말이다.

로턴을 근처의 벽에 기대어 눕힌 테리언은 클레첼을 바라보며 물었다.

"그나저나 이 상황은 대체 뭐야?"

"그게……."

"얘야."

클레첼이 막 뭐라 대답하려고 하는데 돌연 데니크가 그들의 대화 사이에 끼었다.

아까 전 데니크의 기세에 대한 공포심을 느꼈던 클레첼은 데니크의 개입에 움츠러들며 입을 꾹 다물었다.

"이름이 테리언이라고 했나?"

"네, 그런데요?"

"혹시 방금 내 마법을 취소시킨 게 네 짓이냐?"

"맞아요."

"도대체 어떻게 내 마법을 취소시켰지?"

"그건……."

테리언이라고 한들 알 길이 없었다.

자기 역시 과거의 기억이 없는데다가 그냥 어느새부터인가 가지고 있던 힘이니까.

테리언이 어떻게 대답을 해야 할지 몰라 망설이자 테리

언의 부축을 받고 있던 로턴이 말했다.

"데니크 단장님. 혹시 이 소년을 보고 뭐 떠오르시는 것 없습니까?"

로턴이 생각하고 있는 하나의 가설.

10년 전 행방불명 된 테리어드. 9년 전에 돌연 로렌스카 마을에 나타난 테리언.

솔직히 이런 단서로만은 대륙의 정반대에 위치한 거리인데 이 둘이 동일 인물일 확률은 거의 희박했다.

단지 마음에 걸리는 것은 테리언이 과거에 대한 기억이 없다는 부분이었다.

"으음. 떠오르는 것이라……."

데니크가 유심히 테리언을 바라보려던 때였다.

"까악, 오빠!"

돌연 그들의 옆에서 테리언과 같이 있던 소녀의 비명 소리가 들려왔다.

"아차, 그러고 보니 정신이 없어서 저 호문쿨루스들이 있다는 것을 까먹었군!"

데니크가 다시 한 번 마법진을 전개하려자 돌연 테리언이 손을 들어 보이며 저지했다.

"잠시만요. 죄송한데 조금만 기다려 주실래요?"

"네가 어떤 생각하는지는 안다. 하지만 저 호문쿨루스들은 부정적인 존재로서……."

"단장님, 지켜보도록 하죠."

"로턴?"

데니크는 의외라는 표정을 지었다.

여태까지 로턴은 자신을 마법계의 대선배로서 깍듯이 존경하는 사람이었다. 더불어 결코 무례한 짓은 하지 않았고 말하는 데에 있어서도 언제나 조심성이 묻어 나오는 그였다.

그런 그가 데니크가 말하던 도중 끼어드는 경우는 상당히 이례적인 일이었다.

그러나 데니크는 화를 내는 대신 이채로운 눈빛을 띄며 말했다.

"믿을 만한가?"

"테리언은 주변의 이들의 예상을 뒤엎는 녀석입니다. 일단 조금만 지켜보시고 진전이 없는 것 같다 싶으면 그때 나서도 늦지 않으실 것 같습니다."

"자네가 그렇게 말한다면이야……. 하지만 오래 기다려 줄 수 없네. 곧 있으면 구경꾼들이 몰려올 게야."

프로티나 아카데미의 담벼락은 무려 20m를 자랑했다. 그런 높이의 벽이 허물어진 걸로 모자라 엄청난 굉음을 냈으니 머지않아 인파들이 몰려오리라.

한편 여차저차해서 쓰러진 호문쿨루스들 앞에 선 테리언.

"그런데 말이야."

"응?"

일단 나서기는 했는데 그 다음엔 뭘 어떻게 해야 할지 전혀 감이 잡히지 않는 상태였다. 그럴 수밖에 없는 것이 저 소녀는 도와달라고만 했지, 방법을 알려 주진 않았으니 말이다.

게다가 뭘 도와달라고 하는가 싶었더니만 클레첼과 똑같이 생긴 소녀가 한두 명이 아니라는 점도 꽤나 충격이었다.

그리고 무엇보다……

'정작 본인이 더 놀라야 하는 상황인데, 클레첼은 왜 저리 침착하지?'

원래라면 자신과 똑같은 존재들이 저렇게 많다는 것에 대해 당황해야 정상이 아니겠는가? 그런데 클레첼에게서 보이는 모습은 당황이라기보다는 애틋함과 슬픔이 묻어나오고 있었다.

무엇보다 저렇게 눈물 자국이 나있다는 것이 그 증거였다.

보통 평범한 사람은 갑자기 자신과 똑같은 모습을 한 사람들이 나타나면 슬퍼해하기보다는 혐오하거나 두려워해는 게 대부분이니까.

하지만 반대로 왜 자신과 똑같은 모습을 하고 있는지에

대한 계기를 알고 있다면?

"여태껏 숨기고 있었구나."

나직이 중얼거린 테리언의 말에 가녀린 몸을 흠칫 떠는 클레첼이었다.

당장이라도 뭐라고 말해 주고 싶었지만 지금으로썬 이 호문쿨루스들을 해결하는 게 우선이었기에 그 이상은 말하지 않았다.

테리언은 소녀 쪽으로 고개를 돌린 후 말했다.

"그런데 내가 어떻게 도와달라는 거냐?"

"그냥 만지시면 돼요."

"응? 뭘 만져?"

"저도 잘은 모르겠지만……. 저번에 오빠를 만났을 때 잠깐 손이 닿은 적이 있었어요. 그 때 오빠와 손이 맞닿았던 이후로 몸이 서서히 괜찮아졌거든요. 그래서 제가 괜찮아진 게 오빠 때문이 아닐까 싶어서……."

"아아."

그제야 테리언은 소녀가 무슨 말을 하고 싶은 건지 비로소 이해할 수 있었다.

현재 테리언에게 있어선 갑자기 저 클레첼과 똑같이 생긴 소녀들이 어째서 저렇게 무더기로 생긴 건지 모른다. 게다가 저렇게 단체로 곤죽이 되어 있기까지 하니 당황스럽기까지 한다.

그러나 테리언은 복잡한 것이 싫었다.

그랬기에 그녀들은 누구이며, 왜 다쳐 있는지는 중요하지 않았다.

단지 자신이 도움이 될 수 있다면 최선을 다할 뿐.

"그럼 가서 만지면 된다 이거지?"

"아마 그러면 될 거예요!"

테리언은 고개를 끄덕이며 호문쿨루스들이 쓰러져 있는 쪽으로 다가갔다. 그중 가장 선두로 기어 오고 있던 호문쿨루스 하나가 테리언의 발치에 다다르자 순간 클레첼이 흠칫했다.

방금 전까지만 해도 저 호문쿨루스들은 자신들을 죽이려 들던 존재였으니까 말이다. 행여나 테리언에게도 무슨 해코지를 하는 건 아닐까 염려스러웠던 것.

그러나 옆에 있던 데니크가 그런 클레첼의 동요를 눈치 채고서는 걱정 말라는 듯 입을 열었다.

"지금 저 호문쿨루스들에게 내려진 명령은 그저 '나와 로턴을 죽여라' 뿐이다. 그리고 호문쿨루스들은 명령을 착실히 수행하는 존재들. 무슨 말인지 알겠지?"

"아아."

퀼러트는 워낙 급하게 도망치다 보니 미처 세부적인 명령을 내리지 못했다.

호문쿨루스는 감정이 철저하게 배제된 대신 맡은 임무

를 충실하게 다 해내는 존재. 그러나 그 임무 행동에 대해 세부적인 명령을 내리지 않으면 중간에 문제가 생기는 경우도 있었다.

"이제 괜찮아."

테리언이 반쯤 무릎을 꿇어 자신의 발치에 있던 호문쿨루스의 머리를 쓰다듬어 주었다.

파스스스—

그러자 쓰다듬는 손을 통해 뭔가 묘한 기운이 오고 가는 듯한 기분을 느꼈다. 과거 클레첼의 후유증을 풀어줄 때 같은 느낌.

그렇게 어느 정도 머리를 쓰다듬어주니 당장이라도 데니크 일행을 향해 달려들 듯한 호문쿨루스의 기세가 팍 누그러들었다.

한편 그 모습을 바라보던 데니크의 눈빛에는 놀라움이 어렸다.

'이럴 수가! 별다른 마법진을 전개하지도 않고서 연금술계의 난제라 불리던 호문쿨루스의 불안정한 마나의 흐름을 안정화시키다니?'

더불어 호문쿨루스의 체내에 잠식하던 흑마력까지 씻은 듯이 사라지게 만들었다.

게다가 더욱 믿을 수 없는 것은 테리언이 저 호문쿨루스의 마나의 흐름이 안정시키는 순간에도 테리언에겐 아무런 마나의 미동도 느껴지지 않는다는 것이었다.

호문쿨루스의 불안정한 마나의 흐름을 안정화시킬 정도의 능력이면 적어도 마법을 써야 가능한 일이다. 그리고 마법을 쓰게 되면 당연히 마나의 진동이 느껴져야 정상인데 테리언은 진동이 전혀 느껴지지 않았다.

'아니, 오히려 상상 이상이었군. 저 소년…… 나조차도 마력을 감지할 수가 없는 존재다.'

본디 경지 높은 마법사는 은감을 통해 자신의 마나의 흐름을 감출 수 있다. 물론 은감이라 하더라도 자기보다 경지가 높은 사람의 눈은 속일 수 없다.

"로턴, 혹시 저 소년은 마법사인가?"

데니크가 약간 떨리는 목소리로 말했다.

여태까지 그가 마나의 흐름을 읽지 못한 상태는 오로지 한 명. 하나뿐인 제자이자 하나뿐인 주군, 테리어드뿐이었다.

그러나 로턴에게서 들려온 대답은 예상 밖이었다.

"아뇨. 오히려 저 소년은 마법에 대한 재능은 눈곱만큼도 없습니다."

"그, 그럼 저 불가사의한 힘은 대체 뭐란 말인가!"

"저도 현재로써는 대답해 드리기 힘듭니다."

지난 8년간 로턴도 끊임없이 그 해답을 찾기 위해 노력했음에도 불구하고 아무것도 알아내지 못했으니까 말이다.

"어어? 근데 얘네 왜 이래?"

그런데 별안간 테리언이 당황하는 목소리가 들려왔다.

고개를 돌려보니 그곳에는 깊은 홍조를 띤 채 몸을 가누지 못하고 비틀거리는 호문쿨루스들이 보였다.

테리언은 당황하며 옆에 서 있던 소녀를 바라보았다.

"야! 이거 설마 뭔가 잘못된 건 아니지?"

"저, 저도 왜 이러는지 모르겠어요. 분명 저번에 오빠랑 만났을 땐 손만 접촉했을 뿐인데도 금방 괜찮아졌었는데…… 아!"

당황하며 어쩔 줄 몰라 하던 소녀가 뭔가 떠올랐는지 손뼉을 '짝' 하고 치며 말했다.

"그때 오빠가 줬던 그 사탕!"

"응? 그 사탕이 왜?"

과거 테리언이 기절했다가 다시 정신을 차리고 나서 소녀와 마주했을 때 테리언이 건네주었던 사탕.

소녀는 그 때의 일을 떠올리며 말했다.

"분명 저번에 오빠가 줬던 그 사탕을 먹었더니 갑자기 힘이 나고 괜찮아졌었던 것 같아요!"

"아하! 그럼 그 사탕을 주면……. 잠깐, 그런데 그 사탕은 로렌스카 마을에서 나올 때 간식거리로 가지고 나온 거라 지금은 없는데?"

"에에? 그런⋯⋯."

"아니, 굳이 그럴 필요 없다."

그때 클레첼에게 대신 부축을 받고 서 있던 로턴이 마침내 자립으로 서며 테리언에게 다가왔다.

"이건 내 예상일지도 모르겠지만⋯⋯. 테리언이 그 사탕을 계속 가지고 있으면서 그 사탕에 테리언의 힘이 스며든 걸지도 모르겠구나."

"그러면 저 애들은 왜 저런 거야? 아직 뭔가 더 문제가 있는 거야?"

테리언은 넋을 놓은 채 정신을 못 차리고 있는 호문쿨루스들을 가리키며 말했다.

분명 그녀들은 로턴과 데니크에 대한 적대감이 사라진 상태였다. 그런데 마치 하는 행동은 마치 고장 난 장난감 같다고 해야 할까⋯⋯ 이른바 고주망태가 된 듯한 사람 같았다.

"저번에 클레첼 때에도 마나 응고 현상을 완화시켜 주기 위해서 가슴을 만졌었지?"

"설마⋯⋯."

"머리를 쓰다듬는 것만으로는 부족한 걸지도 모르지."

"설마!"

"⋯⋯그래. 네가 생각하는 그 '설마' 다."

로턴은 차마 자기 입으로 설명하기 그랬는지 한숨을 쉬

며 대답을 돌렸다. 그러나 이미 테리언은 로턴의 말하고
자 하는 의미를 깨닫고서는 잔뜩 흥분한 표정을 지었다.

야릇함이 느껴지는 흥분이라기보다는 그저 순수한 의미
로 느껴지는 흥분.

도대체 얼마만의 만짐이란 말인가!

그동안 아카데미 와서 만진 것이라고는 네리와 클레첼
의 가슴이 전부였다.

사실 가슴을 만진다는 것 자체가 일반 남자에게 있어선
그리 쉽게 일어나는 일이 아니라는 점을 감안하면 테리언
은 상당히 운이 좋은 케이스였다.

하나 테리언은 조금 더 많은 가슴의 경험을 하고 싶었
다.

더불어 클레첼과 네리도 가슴이 만져지는 것을 썩 유쾌
하게 생각하는 것은 아니었기에 최대한 가슴이 만져질 경
우를 피해 왔다.

클레첼의 경우는 최대한 신체 강화술을 자제했으며 네
리는 최대한 흥분하지 않도록 자제심을 길렀다. 그러다보
니 테리언이 가슴을 만질 일이 점점 줄어들고 이른바 욕
구불만의 상태에까지 다다르게 된 것!

물컹.

"아윽……."

"헉! 괘, 괜찮아?"

그 기세를 몰아붙여 테리언이 호문쿨루스 중 한 명의 가슴을 움켜쥐자 호문쿨루스가 돌연 비릿한 신음을 흘렸다. 야릇한 느낌이라기보다는 조금 고통스러운 느낌이 물씬 풍겨지는 신음이었다.

그 반응에 테리언이 흠칫 놀라며 가슴에서 손을 떼려고 했다.

그러나 바로 그 순간, 놀랍게도 호문쿨루스가 두 팔을 뻗더니 테리언의 팔을 붙잡으며 다시금 자신의 가슴에 대는 것이 아닌가?

그것도 아직도 힘이 남아 있었는지 테리언이 암만 움직여 봐도 도통 팔을 놔 줄 생각을 하지 않았다.

그때 데니크가 말했다.

"소년, 당황하지 말고 가만히 있어라. 방금 그 호문쿨루스의 행동은 거의 본능에 가까운 행동이니까."

"본능이요?"

되물은 것은 테리언이 아닌 로턴이었다.

과거 로턴 역시 흑마법사 퇴치 당시 여러 번 호문쿨루스와 접한 적이 있었기에 불가피하게 알아 버린 여러 지식들이 있었다.

오직 내려진 명령만을 따르는 호문쿨루스.

그런데 그런 존재인 호문쿨루스에게도 본능이 있다니?

"호문쿨루스에게는 기본적으로 명령을 내리지 않아도

무조건 이행하는 절대 명령이 하나 있다네. 그것은 바로 생존. 물론 주인의 명령을 거스르지 않는 한에서이지만 말일세."

"그렇군요."

"나도 어떻게 된 일인지는 모르겠지만 저 소년이 호문 쿨루스의 신체와 접촉하니 호문쿨루스의 마나의 흐름이 놀랄 만큼이나 안정화되어 가고 있어. 정말 이런 까닭 모를 현상을 보는 건 황자님 이후로 처음이야."

'황자……'

이로서 하나 확정된 것이 생겼다.

테리언이 테리어드와 동일 인물이라는 가설이 틀렸다는 것.

'무엇보다 대마법사이신 데니크 단장님이 인물을 못 알아볼 리가 없으니까.'

그 어떤 변장 마법을 쓰더라도 데니크의 눈을 속일 수는 없다. 데니크보다 경지가 높은 이가 변장 마법을 건다면 몰라도, 현존 하르카 대륙에서 데니크 보다 강한 마법사는 알려지지 않은 상태였다.

하물며 그런 마법사가 있다 한들 그런 마법사가 테리언과 연관되어 있을 확률은 더욱 희박하다.

신이라면 모를까.

"저기…… 로턴 아저씨."

"응? 왜 그러니?"

데니크와 로턴이 한창 심도 있는 대화를 나누는데 돌연 클레첼이 대화에 끼어들었다.

"저거, 테리언. 저대로 놔 둬도 되는 거예요?"

"응? 뭐가…… 헉!"

"이런."

문득 대화에 팔려 정신을 팔고 있던 로턴들이 테리언 쪽을 쳐다보니 어느 샌가 테리언은 그사이 몰려든 호문쿨루스들에게 깔려 있었다.

놀라운 것은 호문쿨루스들은 어떻게 해서든 테리언과 달라붙기 위해 몸을 가까이 밀착시키려 하고 있다는 것이었다.

그 모습을 보던 데니크가 껄껄 웃으며 말했다.

"이건 뭐 마치 불을 향해 달려드는 부나방 같은 모습이로군!"

"허허, 이거 참 난감하군요."

허탈한 웃음을 짓던 로턴은 문득 클레첼을 바라보았다. 그런데 어째서인지 여전히 근심 어린 표정을 짓고 있는 듯한 클레첼이었다.

"……."

"클레첼?"

"네, 네?"

로턴이 부르고 나서야 뭔가 정신을 차린 듯한 클레첼이 깜짝 놀라 물었다.

잠시 그 모습을 바라보던 로턴은 이내 고개를 저었다.

"아무것도 아니다. 일단 구경꾼들이 몰려오기 전에 얼른 상황을 수습하자꾸나."

*　　　　*　　　　*

"이게 대체……?"

그것은 네리가 아연실색한 나머지 저도 모르게 하소연하듯이 튀어나온 말이었다.

그녀는 테리언을 찾아다니기 위해 강당으로 향하던 중 돌연 엄청난 굉음을 들었다.

그리고 특유의 신체 능력으로 다른 이들보다 빨리 달려 때마침 벽을 수복하던 테리언 일행들과 마주할 수 있었다.

다행히 별일은 없었던 것 같아 안도의 한숨을 내쉬었던 네리였지만, 그 시선이 호문쿨루스들로 향하니 당황스럽지 않을 수 없었던 것.

"크, 클레첼과 똑같이 생긴 애들이 이렇게나 많다니? 테리언! 이게 어떻게 된 일이야?"

네리가 당황하여 묻자 테리언은 대답 대신 고개를 돌려 클레첼을 바라보았다.

"클레첼?"

"……."

그러나 클레첼은 안쓰러운 표정을 짓더니 시선을 외면할 따름이었다.

네리는 특유의 눈치로 뭔가 더 이상 말을 꺼내면 안 될 상황이라는 것을 깨닫고는 입을 다물었다.

그리고 잠시간 침묵이 흘렀다.

그중 가장 먼저 침묵을 깬 사람은 로턴이었다.

한차례 헛기침을 하던 로턴은 여전히 테리언에게 들러붙어 있는 일곱 명의 호문쿨루스들을 바라보며 말했다.

"단장님, 그런데 저 호문쿨루스들은 어떻게 처리해야 할까요?"

호문쿨루스 처리란 말에 클레첼이 흠칫하는 모습을 보였다.

"호문쿨루스는 흑마법사들이 남긴 더러운 유산. 원래라면 즉결 처분해야겠지만……."

호문쿨루스들을 바라보며 대답하던 데니크가 돌연 클레첼을 힐끔 쳐다보며 말했다.

"아가씨는 어떻게 처리했으면 좋겠나?"

"네? 저, 저요?"

"아무래도 아가씨 눈빛을 보니 이 상황에 대해 어느 정도 알고 있던 것 같아서 말이야. 자기 유전자로 만들어진 호문쿨루스니 사실상 이 호문쿨루스들을 처리하는 것에 대해선 아가씨의 의견도 필요해. 무엇보다 피해자니까."

"저, 저는……."

클레첼은 잠시 대답을 망설였다.

피해자가 아니다. 오히려 책임자다.

분명 자신이 조금만 더 판단을 빨리 했었더라도 그녀들은 저렇게 상처 입지 않아도 되었을 것이다.

대답은 이미 정해져 있는 상황.

비록 자신의 실수로 인해 일이 이 지경까지 올라왔지만 만약 호문쿨루스들을 살릴 수만 있다면 무엇이든 할 각오가 되어 있었다.

단지 클레첼이 즉답할 수 없었던 것은 나약하고 한심했던 나 자신에 대한 분노 때문이었다.

과거의 트라우마가 발목을 붙잡아 진즉에 해결될 수도 있었을 일을 이렇게까지 크게 만들어 버렸다.

적어도 주변에서 '도와줘' 라는 한마디만 했었어도 이렇게까지 일이 커지지 않았을 터인데…….

"도와줘!"

"어……?"

그 순간 어렸을 적의 자기 목소리인 듯한 외침에 클레첼은 정신이 퍼뜩 들었다.

"도와줘, 언니! 이대로 동생들을 잃고 싶지 않아! 제발…… 부탁할게…….”

“…….”

그 순간 클레첼은 전신을 타고 흐르는 섬뜩한 전율을 느꼈다.

작은 소녀에게서 비춰지는 모습.

자신과 똑같은 모습을 한 소녀의 처절한 외침.

'도와줘.'

“어, 언니? 울어?”

“……!”

어느 샌가 정신을 차려 보니 클레첼의 두 눈가에는 굵은 눈망울이 맺혀 있었다.

'나, 나는……. 나는…….'

클레첼의 아주 간절했던 하나의 소망.

때로는 힘들었고, 가끔씩 우울했으며, 언제나 혼자였다.

그래서 말하고 싶었던 것이다.

도와달라고.

도와달라고 하고 싶었다.

이 미칠 듯한 고독 속에서, 혼자서 모든 것을 해결해야 한다는 외로움 속에서.

클레첼은 외치고 싶었던 것이다.

하지만 클레첼에게 있어서 그 단어는 어릴 적부터 금기

시되었고 그 습관이 현재까지 뼛속까지 녹아들어 말하지 못했던 것이다.

"혼자서는 아무것도 못하는 것이냐! 여자라고 해서 봐주지 않는다! 아니, 오히려 여자이기에 혼자 일어서야 하는 것이다!"

언제나 마음이 약해질 때면 아버지가 외쳤던 한마디.

사실 더 이상 클레첼을 속박하는 이는 없었다.

늘 엄한 표정을 지으며 호통 치는 아버지도 더 이상 곁에 없다. 스스로 판단하고 자율적으로 활동할 수 있었음에도 클레첼은 여전히 남의 도움을 원치 않았다.

아니, 원치 못했던 것이다.

비록 아버지의 품에서는 벗어났더라도 이미 육체가, 그리고 본능이 기억해 버린 것이다.

도움 따윈 필요 없는 것이라고.

그러나 자신과 똑같은 외모를 한 어린 소녀. 마치 과거의 자신을 보는 듯한 광경에 클레첼은 끝내 울음을 터트릴 수밖에 없었다.

일종의 대리 만족을 느꼈다고 해야 할까.

그와 동시에 그녀의 발목을 잡던 트라우마가 사라지고 발걸음이 가벼워지는 것이 느껴졌다.

자신이 바랐던 단 하나의 외침.

그것을 마침내 비로소 트라우마에 빠진 그녀를 구원해 준 것이다.

"그래, 도와줄게……. 반드시 도와줄게. 도와줄 테니까…… 이젠 더 이상 걱정할 필요 없어. 내가 지켜 줄 테니까……. 필요하면 언제든지 도와달라고 말해 줘……."

클레첼은 자신과 똑같은 외모를 한 소녀를 끌어안으며 생각했다.

그리고 마치 과거의 자신에게 말하듯이 읊조렸다.

더 이상 망설이지 말라고.

도움이 필요하면 언제든지 말해 달라고.

이제 더 이상 '혼자' 가 아니니까.

*　　　　*　　　　*

담벼락이 무너졌다니 뭐니 하는 소동 때문에 한창 들뜨던 무도회 분위기가 일순간 휘청였다고 한다. 그러나 굉음과는 달리 소리가 난 곳에는 아무런 이상도 없었기에 사태는 그리 심각하게 벌어지지 않을 수 있었다.

그리고 현재, 테리언과 클레첼 그리고 네리는 아카데미 스카우트 부실로 돌아온 상태였다.

여차저차 상황이 있다 보니 시간은 꽤 흘러 무도회 개

최까지 앞으로 1시간 남짓 남은 도중이었다. 그때까지는 자유 시간이었기에 테리언 일행은 각기 편하게 자리를 잡았다.

그러나 그들 사이에서 흐르는 분위기는 영 좋지만은 못했다.

호문쿨루스 처리 건은 원만하게 해결되리라고 로턴과 데니크가 말했다. 그러나 혹시 모를 사태를 대비해 일곱 명의 호문쿨루스들과 프로토 타입인 소녀는 현재 그들과 같이 왕궁 마법단 본부로 향한 상태였다.

테리언으로 인해 마나의 흐름이 안정되었다고는 하나 정밀 검사와 함께 재조정을 받을 필요가 있을지도 모르기 때문이었다.

또한 테리언과 네리도 이번 호문쿨루스 사건의 진상을 전해 들을 수 있게 되었다.

그러나 이 때문에 분위기가 이렇게 무거운 것이 아니었다.

"테리언⋯⋯."

테리언과 네리와는 달리 부실에 들어서고 나서도 미처 자리에 앉지 못한 클레첼이 마침내 떨리는 목소리로 입을 열었다.

부실에 들어서고 나서 10분간 흘렀던 무거운 침묵이 깨지는 순간이었다.

"왜?"

"안 물어…… 보는 거야?"

"뭐가?

"숨겼잖아. 이런 일이 있었다는 거."

사실 분위기가 무거웠던 것은 이 때문이었다.

이런 일을 겪고 있었으면서 주변에 알리지 않은 것.

그로 인해 클레첼은 테리언과 네리를 만나고서는 마치 죄를 지은 사람마냥 안절부절 못해하고 있었다.

그러나 테리언은 미소를 지어 보이며 대답했다.

"그것 때문에 부실에 올 때까지 계속 불안해하고 있던 거야?"

"화 안 내?"

그러자 돌연 테리언이 자리에서 벌떡 일어났다. 그리고는 성큼성큼 클레첼을 향해 다가왔다.

역시 화를 내려는 건가 싶어 움찔하는 클레첼.

"어쩔 수 없었던 거지?"

그러나 예상과는 달리 테리언은 아무 짓도 하지 않았다. 그저 평소와는 달리 진지한 표정을 짓고 있는 것 외에는.

"그게……."

차마 말할 수 없었다.

말을 꺼내지 못한 것이 과거의 트라우마 때문이라고는.

그렇다면 분명 웃음거리가 될 테니까.

"다음부터라도 곤란한 일 있으면 속 시원하게 말하면 돼."

그래도 말해야 했다.

이제 더 이상 숨기지 않기로 했으니까.

도움이 필요하면 도와달라고 말하기로 결심했으니까.

"물론 그때에도 말하기가 곤란하면 말하지 않아도 돼. 다음에도, 그 다음에도, 앞으로 벌어질 수많은 일들에도. 말하기 힘들면 숨겨."

"테리언, 난……!"

"하지만 말하고 싶을 때가 온다면, 언제든지 속 시원하게 털어놔. 그럼 우리들이 적극적으로 들어 주고 할 일이 있다면 도와줄 테니까. 그런 게 '친구' 사이니까 말이야. 안 그래, 네리?"

테리언이 네리를 돌아보자 네리 역시 싱긋 웃으며 고개를 끄덕였다.

"맞아, 클레쳴. 누구나 숨기고 싶은 건 있어. 하지만 우리는 네가 고민을 털어놓으면 언제든지 도와줄 거야. 괜히 숨겼다고 해서 우리를 못 믿었다고 생각하지 않으니까 그런 걸로 눈치 볼 거 없어."

클레쳴은 속에서 무언가 울컥하는 기분이 들었다.

사람의 손길이라는 것이 이렇게도 따뜻했던가.

그동안 혼자 일어서고 헤쳐 나가면서 도움이라고는 필요 없다고 생각했다. 어떤 일이 있더라도 이 악물고 노력하면 해결 못할 일이 없었으니까.

그래서 어느 샌가 본능적으로 '도움은 필요 없다'라고 인식해 버린 걸지도 몰랐다.

하지만 아니었다.

머릿속은 '괜찮아'라고 생각했지만 이미 마음속은 지속되는 상처로 인해 '힘들어'라고 외치고 있었던 것이다.

만약 마음속마저 괜찮았더라면 지금 테리언과 네리의 상냥한 미소가 이렇게도 진심으로 기쁘게 들리기나 했을까?

"테리언…… . 네리 양…… ."

클레첼이 감격에 겨운 나머지 눈물을 흘리기 일보 직전의 순간이었다.

한창 분위기 좋게 흘러가던 스카우트 부실은 거칠게 열리는 문소리로 인해 순식간에 바뀌어 버렸다.

콰앙!

"테리언 있어?"

막 분위기가 훈훈하게 달아오르려는데 갑자기 문이 거칠게 열리더니 뜻밖의 인물이 나타났다.

"제네시드?"

"허억, 혁. 다행히 이…… 있었구나…… ."

"언제 돌아온 거야? 방금?"

"지…… 지금 그게 문제가 아니라고!"

"일단 진정 좀 해. 왜 그렇게 성급하게 말하는데?"

"역시 아무것도 모르고 있구나. 지금 다들 난리도 아니라고!"

제네시드의 외침에 순간 클레첼이 뜨끔하는 모습을 보였다. 혹시 담벼락이 무너지면서 벌어졌던 일을 누군가 본 건 아닐까 싶던 것이었다.

그러나 클레첼의 짐작과는 달리 제네시드의 입에선 충격적인 발언이 터져 나왔다.

"이번 무도회에서 준비된 연극에서 주인공을 맡을 애가 다리 부상을 입는 바람에 대역으로 네가 지목돼서 지금 난리라고!"

Chapter.3

대역

강당의 뒤쪽에 마련되어 있는 대기실.

그곳에는 매회 무도회가 열릴 때마다 보여 주었던 연극을 위한 준비로 한창이어야 했다.

그러나 현재 대기실에 모여 연극을 준비해야 할 학생들은 현재 대혼란에 빠진 상황이었다.

"리엘로트 양을 갑자기 연극에 투입시킨 것까진 이해해. 하지만 테리언이라는 들어 보지도 못한 학생까지 연극에 넣으라고? 이거 진짜 제정신이야?"

"게다가 리엘로트 양은 그나마 머리가 좋으셔서 금방 대본을 외우셨지만 그분은 아니라면서요? 이건 장난이 아니라고요!"

연극 제작진 역할을 맡은 학생들은 감독 역할을 맡은 이베티에게 항의했지만 그녀는 한숨을 내쉬며 고개를 저을 따름이었다.

"죄송하지만 어쩔 수 없어요. 무엇보다 원래 주인공 역할을 맡아야 할 하르셋 님께서 다리 부상을 입으셨는걸요. 그대로는 연극에 참여시킬 수 없어요."

그러자 제작진 역할을 한 학생들이 더욱 분개하며 목소리를 높였다.

"하지만 그렇다면 적어도 여기 있는 다른 연극 부원들한테 대역을 해 달라고 하면 되잖아요! 물론 대본은 다 못 외웠을지언정 같이 연습하면서 호흡을 맞췄으니 얼추 알고 있을 테니까요!"

"그뿐만 입니까? 리엘로트 양은 그나마 인기가 많으시고 유명인이시다 보니 갑작스러운 참여라 하더라도 이해해요. 오히려 더 뜨거운 반응을 불러일으킬 테니까요! 하지만 그 테리언이라는 사람은 아니잖아요!"

"자칫 망하기라도 한다면 단순히 망신살이로 끝날 것이 아니라 우리 프로티나 아카데미의 명성에 먹칠하는 꼴이 된다구요! 이베티 양. 차라리 우리 제작진 측에서라도 나서서 하겠습니다."

"맞아요! 비록 연기는 어설플지라도 적어도 대본과 상황 전개는 대부분 알고 있으니까……."

"안 돼요! 안 된다고요!"

제작진 학생들의 부산스러운 항의 속에 결국 보다 못한 이베티가 끝내 버럭 소리치며 자리에서 벌떡 일어나고 말았다.

그런데 화를 낸 사람과는 달리 표정은 완전히 울상이 되어 있었다. 심지어 눈가에는 굵은 눈물마저 맺혀 있는 것이 아닌가?

한창 항의하던 제작진 학생들도 이베티가 눈물을 보이자 찔끔하며 기세가 위축되었다.

그때 제작진 학생들 중 한 명이 조심스레 물어왔다.

"저기 혹시……. 무슨 일이라도 있던 거예요?"

그러자 이베티는 마치 기다렸던 질문이라는 듯 두 손으로 얼굴을 감싸 쥐며 고개를 끄덕였다.

"어쩔 수 없었다구요……. 아르킨 님이……."

딱 거기까지였을 뿐이었는데 한창 분위기가 고조되던 준비장이 한순간에 내려앉았다.

이해해 버리고 만 것이었다.

단지 '아르킨 님이' 까지밖에 말하지 않았지만 대기실에 있는 모든 학생들은 이미 아르킨에 대해 잘 알고 있는 이들이었으니까.

작년 연극 때에도 아르킨은 자신이 주인공이 되겠다면서 압박을 넣었었다. 심지어 여자 역할들도 자기가 마음에 드는 여자들을 데리고 와서 앉혀 버린 적도 있었다.

그게 차라리 연습을 하기 전이라면 몰라도 그런 결정을 내린 때가 연극이 벌어지기 하루, 이틀 전이었던 것.

그로 인해 연극 부원들이 받는 스트레스는 이만저만이 아니었다. 오죽하면 아르킨의 갑작스러운 난입으로 인해 연극을 망칠 뻔한 게 한두 번이 아니었을 정도.

하지만 그 누구도 아르킨의 행동에 감히 토를 달지 못했다.

그가 강대국인 엘도흐 제국의 공작의 아들이라는 것은 프로티나 아카데미 대부분의 학생이 알고 있는 사실이었으니까.

결국 이베티는 한참 동안이나 끅끅거리더니 눈물을 훔치며 말했다.

"일단 다른 사람을 시켜 해당 학생을 데리고 오라고 했으니 곧 있으면 올 거예요. 그 학생도 리엘로트 양처럼 대본을 빨리 외우면 좋겠지만, 아무래도 그렇지 않을 가능성이 높으니 일단 대본에 어느 정도 손을 봐 두도록……."

바로 그때, 호랑이도 제 말하면 온다고 하던가.

대기실의 문이 열리더니 리엘로트와 테리언이 등장했다.

"아르킨 님 지금 어디 있습니까?"

리엘로트는 대기실에 들어서자마자 이베티를 향해 다급

히 물었다.

"아, 아르킨 님이라면 아마 연기자 대기실에서……."

"테리언 님은 일단 여기 계세요!"

"어? 어, 알겠어."

리엘로트는 대답을 듣기 무섭게 곧장 연기자 대기실로 향했다. 그리고는 그녀답지 않게 거칠게 문을 열어젖혔다.

"흠? 무슨 일이지?"

그러자 그곳에는 뭔 일 있냐는 듯 능청을 떨며 의자에 앉아 있는 아르킨이 있었다.

하지만 자세는 마치 기다리고 있었다는 듯, 한쪽 팔로 얼굴은 기댄 채 문 쪽을 바라보고 있었다.

상황을 파악한 리엘로트가 입술을 짓씹으며 말했다.

"시치미 떼지 말아요. 당신…… 무슨 생각이죠?"

"나름의 배려랄까?"

"배려라고요? 지금 연극부원들 발칵 뒤집어진 것을 보고도 배려라는 말이 나와요?"

그러자 말도 안 된다는 듯 너털웃음을 흘리며 살래살래 고개를 젓는 아르킨.

"아니아니. 나는 그런 떨거지들의 배려 따윈 하지 않아. 내가 관심 있는 건 여자뿐이니까."

"그럼 어째서……!"

"나는 너를 배려해 준 거라고."

"저를 배려해 줬다고요?"

"보아하니 그 테리언이라는 녀석이랑 꽤나 친한 사이 같더라고. 이왕 너도 여주인공 역할을 맡았잖아? 그런데 상대역이 낯선 남자면 아무래도 곤란하지 않겠어? 그러니까 내 특별히 인심 써서 너와 친한 사이인 테리언을 소개시켜 줬지."

"그분은 저와는 다르다고요!"

"해 보지도 않고는 모르는 법이지."

아르킨은 사람 좋은 미소를 지어 보이며 대답했다.

그러나 리엘로트는 이미 아르킨의 속내를 파악한 상태였다.

분명 주인공 역할을 맡았어야 할 하르셋이 다리 부상을 입게 된 것도, 그리고 그 자리에 테리언을 넣기로 한 것도. 틀림없이 아르킨이 감독인 이베티에게 압박을 불어넣은 것이 분명했다.

그리고 아르킨이 이런 일을 벌이는 이유는 안 보고도 빤했다.

"그동안 당신이 무도회 연극에 개입해서 여러 번 망칠 뻔했었죠. 하지만 그때에는 그나마 어떻게든 무사히 진행되어서 그냥 넘어갔었지만…… 이번은 장난이 좀 과하시 군요."

"장난이라니, 말이 너무 심하군 그래."

하지만 말과는 달리 아르킨은 여전히 미소를 지우지 않고 있었다.

어디 할 말 있으면 실컷 말해 보라는 듯한 분위기.

리엘로트는 두 주먹을 꽉 쥐며 부들부들 떨었다.

"이번 연극, 망치면 자칫 프로티나 아카데미의 명성에 엄청난 먹칠을 할지도 몰라요."

"글쎄? 그건 내 알 바가 아닌데? 행여나 먹칠이 된다 하더라도 그건 내 잘못이 아닌 연극을 제대로 못한 연극 부원들 잘못이잖아?"

"……."

리엘로트는 더 이상 말을 꺼내지 못했다.

완전무결한 책임 전가.

아르킨이 저렇게 여유로운 이유는 간단했다.

분명 아르킨이 연극 감독인 이베티에게 압력을 불어넣는 것은 사실.

하지만 막상 책임을 물게 된다면 이베티는 차마 '아르킨이 사주했다' 라고는 말하지 못할 것이다.

프로티나 아카데미에서 아르킨이 가진 권력을 모르는 이는 아무도 없으니까.

결국 애꿎은 감독과 그 부원들만 욕먹는 대상이 되어 버리고 마는 것이다.

"이거였군요. 제가 당신에게 가서 거래를 했을 때 당신이 그렇게도 자신만만했던 이유가."

"그런데 여기서 나랑 실랑이를 벌일 여유는 있나 몰라? 머지않아 무도회 시작될 텐데? 분명 연극을 보여 주는 때가 무도회가 시작되고 나서 두 시간 반 후였던가? 이럴 시간 있으면 테리언에게 한 소절이라도 더 대사를 외우게 해야 하는 것 아닌가?"

"……이런 수작으로 저를 무너트릴 생각이라면 잘못 짚은 거예요."

리엘로트는 그 말을 마지막으로 대기실에서 나갔다.

대화가 오가는 동안 내내 여유로운 미소를 짓던 아르킨은 리엘로트가 나가자 미소가 바뀌었다.

여유로운 미소에서 비릿한 미소로.

'오늘 무도회야말로 네년의 그 가증스러운 '철혈의 소녀' 라는 가면을 벗겨 주지. 그때까지 부디 발악하면서 나를 즐겁게 해 달라고.'

*   *   *

그리고 마침내 시작되었다.

프로티나 아카데미의 무도회.

그것은 앞으로 사회에 진출하기 위한 발판이자 연습 무대 같은 의미를 지니고 있었다.

귀족 학생들에게는 더할 나위 없이 인맥을 만들기에 적합한 장소였으며, 평민 학생들에게는 쉽게 겪어 보지 못할 좋은 경험을 얻을 장소였다.

그리고 무도회의 처음은 강당에 마련된 무도회장에 프로티나 아카데미 학생들의 입장으로 시작되었다.

"얘기 들었어요, 제네시드 님. 테리언 오빠가 무도회에서 선보일 연극의 주인공 대역을 맡게 되었다면서요?"

"네. 저도 프로티나 아카데미에 도착하고 나서 잠시 쉬려고 아카데미 스카우트 부실로 향하던 중 우연히 들었거든요."

한편 무도회장의 각 테두리 부근에는 안전 요원 역할을 맡은 선도부원들과 새로 개입된 아카데미 스카우트 부원들이 있었다.

한껏 꾸며 입은 무도회에 참여하는 학생들과는 달리 안전 요원 역할을 맡은 이들은 다름 아닌 깔끔한 교복 차림이었다.

그리고 그중에는 열중쉬어 자세로 대화를 나누는 제네시드와 로리에도 있었다.

사실 매번 아카데미에서 만나는 얼굴들이기에 이렇게까지 분위기 잡을 필요는 없었다.

그러나 각 무도회장의 테두리에 배치된 안전 요원들이 이렇게 군기가 바짝 든 이유는 다름 아닌 유명 인사들의 참여 때문이었다.

잠시 주변을 두리번거리던 제네시드가 눈동자만 움직여 로리에를 바라보며 말했다.

"들은 바로는 리엘로트 님도 연극에 참여했다고 들었으니, 그분께서 어떻게든 도와주시지 않을까요?"

"리엘로트라면 분명 도와줄 거예요. 하지만 조금 이상하네요. 테리언 오빠도 그렇고 리엘로트도 그렇고 원래는 안전 요원 역할을 해야 할 사람들인데⋯⋯."

게다가 로리에가 아는 리엘로트는 결코 자신의 할 일이 있는데도 갑자기 다른 일을 할 사람이 아니었다.

"저도 의심은 하고 있어요. 아직 섣부른 판단이긴 하지만 제 생각에는 뭔가 좋지 않은 예감이 드네요. 분명 작년 무도회 때도 이렇게 연극 배우가 갑자기 교체되는 상황이 벌어졌다고 들었는데 말이에요."

"설마 무슨 일이 터지기라도 하는 건 아니겠죠?"

"글쎄요. 저도 잘⋯⋯."

결국 보다 못한 아젤리카가 그들의 대화를 저지했다.

"쉿, 잡담은 거기까지다. 슬슬 유명 인사들의 입장 차례다."

그리고 바로 그때, 무도회장에 입장했던 학생들의 시선이 한곳으로 집중되었다.

"먼저 첫 번째 입장입니다. 프로티나 아카데미의 졸업생이시자 펠티크 왕국의 왕태자이신 시르비안 카이드 님이십니다! 환영의 박수로 맞이하여 주십시오!"

사회자의 외침과 함께 강당의 현관에서 시르비안이 등장했다.

순수하게 군사력의 질로만 따진다면 엘도흐 제국보다 우세인 펠티크 왕국.

그러나 수적으로 엘도흐 제국에 밀려 엘도흐 제국 다음으로 강한 나라로 알려진 나라였다.

그 어느 나라보다도 군사 훈련이 혹독하며 철저하게 강함만이 권력의 상징이라 외치는 펠티크 왕국이다.

그런 의미로 시르비안은 자신의 가문에서 거의 막내 위치였음에도 불구하고 순수하게 강함만으로 왕태자의 자리까지 거머쥔 존재였다.

그리고 그 왕태자 자리에 올라서기 위해 벌어진 이야기는 꽤나 유명한 편. 특히나 그 사건이 벌어지던 때가 시르비안이 프로티나 아카데미에서 학생으로 활동하던 시절이었다. 그래서인지 프로티나 아카데미의 학생들 사이에서 시르비안은 꽤나 이름이 알려진 존재였다.

그리고 결정적으로 한 가지가 더 있었다.

무도회장에 들어선 시르비안은 잠시 주변을 둘러보다가 무도회장의 한편에서 여자들에게 둘러싸인 아르킨에게 다가갔다.

"오랜만이야, 아르킨. 잘 지냈나?"

"작년의 무도회에는 참가 안 하더니 오늘은 무슨 바람이 났기에 무도회에 참여한 거냐. 시르비안."

본래 왕태자의 위치한 자에게 반말을 하는 것은 상당히 무례한 행동이었다. 그것이 아무리 과거 프로티나 아카데미에서 같은 학생으로 만난 사이라 하더라도 말이다.

게다가 현재 시르비안은 학생의 위치가 아닌 엄연한 왕태자로서 초청받은 상태. 그러나 권력으로 비교하자면 시르비안과 아르킨은 거의 막상막하라고 볼 수 있었다.

강대국이라 불리는 엘도흐 제국의 공작의 아들, 그리고 펠티크 왕국의 왕태자.

사실 이 둘은 과거 아카데미에서 학생으로 만나던 시절에도 상당히 유명한 콤비로 전해지고 있었다. 이른바 라이벌로 비교되는 사이.

무엇보다 아르킨과 시르비안은 둘 다 여학생들에게 인기가 많은 편이었다. 그리고 그 인기의 중심에는 기본적으로 권력이라는 점이 같았지만 세부적인 성향은 달랐다.

아르킨이 권력을 뒷받침으로 잘 생긴 외모를 어필한다면 시르비안은 압도적인 힘을 과시했다.

그러나 이 둘은 서로 라이벌이라 하여 서로 싸우기보다는 오히려 죽이 잘 맞았다.

무엇보다 서로가 서로를 잘 알았기 때문이었을까. 그리고 서로 부딪혀 봤자 좋을 것 하나도 없다는 것이 본인들이 더욱 잘 알고 있었기 때문인 것도 한몫했다.

아르킨의 질문에 시르비안은 어깨를 으쓱이며 둘러대듯이 말했다.

"글세, 뭔가 재미있는 일이 있을 것 같은 예감이랄까?"

"호오, 우연인가? 마침 이번 무도회에서 재미있는 일이 벌어질 텐데 말이야."

"또 재작년 때처럼 불쑥 연극에 참여하는 것 말인가? 꽤나 볼썽사나워서 우습긴 했지."

"아니, 이번엔 그보다 훨씬 재미있는 일이 벌어질 테니까. 이번 무대의 주연은 내가 아니거든."

아르킨이 비릿한 미소를 지어 보이자 시르비안의 한쪽 눈썹이 추켜 올라갔다.

과거 아카데미에 지내던 시절 아르킨과 자주 얼굴을 마주쳤던 만큼, 그리고 자신과 성향이 비슷했던 만큼 시르비안은 동지로서 느낄 수 있었다.

저 미소는 그저 허세를 부리기 위한 미소가 아닌 진심으로 우러나오는 감정이 섞인 미소라는 것을.

그것도 굉장히 좋지 않은 쪽으로.

"기대하지."

그 말을 끝으로 시르비안은 자기 자리로 향했다.

그 외에도 시르비안 못지않은 유명 인사들이 차례대로 입장하면서 학생들의 열렬한 환호를 받았다.

그렇게 분위기가 한창 달아오를 즈음에 마침내 사회자의 마지막 순서를 알리는 외침이 들려왔다.

"그리고 마지막으로 엘도흐 제국의 제 5황녀이신 세니츠 테니바드 엘도흐 황녀님의 입장이십니다!"

엘도흐 제국이란 말에 몇몇 학생들의 눈빛이 예사롭지 않게 빛나기 시작했다. 특히나 이번의 무도회에 참여한 학생들 중에서도 인지도 높은 남학생들의 눈빛이 그러했다.

매번 프로티나 아카데미의 무도회가 열릴 때마다 엘도흐 제국의 황녀들이 관례적으로 무도회에 참여하곤 했다. 그리고 황녀의 파트너로 선택되면 엘도흐 제국의 황궁에 초대되어 엄청난 명성을 거머쥘 수 있었기 때문이었다.

"제 5황녀라면 엘도흐 제국의 황녀 중에서도 가장 막내라고 했었지?"

"게다가 사회 경험이 제일 적은 황녀라고 들었으니까, 이번 무도회야말로 절호의 기회일지도 몰라. 분명 다른 황녀들보다 허들이 낮을 테니까!"

몇몇 남학생들은 다른 이들에게 들리지 않도록 수군거리면서 탐욕에 어린 시선을 보내기까지 했다.

"크흠. 잠시 정숙하여 주십시오."

마침내 모든 유명 인사들이 각자 자리를 잡자 사회자가 한차례 헛기침을 하며 말문을 열었다.

"아시는 분들도 있으시겠지만 이번에 처음 접하시는 분들도 있기에 다시 한 번 설명해 드리도록 하겠습니다. 먼저 기본 틀은 일반 무도회와 같습니다. 하지만 무엇보다 아카데미의 존재 의미는 학생들을 교육시켜 훌륭한 인재를 발굴해 내는 것. 그렇기 때문에 이번 무도회에서도 프로티나 아카데미만의 특별한 이벤트가 개최될 예정입니다."

"특별한 이벤트?"

한편 로리에와 제네시드와는 달리 무도회장의 반대편에 자리 잡고 있던 클레첼이 고개를 갸우뚱했다. 아카데미 스카우트 멤버 중에서 클레첼은 입학한지 얼마 안 되었기에 그동안 무도회에서 어떤 이벤트가 개최되었는지 모르기 때문이었다.

"이른바 그동안 아카데미에서 갈고 닦은 실력을 뽐낼 기회라는 거지. 아마 작년에는 프린세스 무도회라는 이벤트를 개최했을 거야."

그러자 클레첼의 옆에 서 있던 네이젠이 그 의문을 해결해 주었다.

"프린세스 무도회요?"

"말 그대로 여자들을 위한 이벤트랄까? 음악이 시작되

면 도전하고 싶은 여학생들은 저기 보이는 강당 무대에 올라서서 자신의 멋진 모습을 어필하는 거야. 예를 들어 검술학과 소속이라면 멋진 검무를 보여 주겠지. 그렇게 하여 많은 남학생들의 투표수를 받은 여학생에겐 특별한 상품이 주어진다고 해."

"그게 뭐였나요?"

"글쎄…… 무엇을 받았는지는 비공개라는데 받은 사람 말로는 엄청 만족스러운 것을 받았다고만 전해지고 있지. 그리고 이번 무도회의 이벤트라면 아마도……."

네이젠이 막 설명하려고 입을 열려던 참에 사회자의 말에서 먼저 대답이 터져 나왔다.

"……그리고 이번에 개최될 이벤트는 작년 이벤트인 프린세스 무도회의 후속 이벤트라고 볼 수 있는 '프린스 무도회' 입니다! 방식은 프린세스 무도회랑 똑같이 자신을 뽐내고 싶은 남학생들은 음악이 시작되면 이 무대 위로 올라와 주시면 됩니다. 그리고 각기의 멋진 모습을 어필해 가장 많은 여성들에게 지지수를 받은 남학생 분에게 특별한 상품을 지급해 드릴 예정입니다!"

사회자의 말에 잠시 무도회장이 술렁였다.

"자, 그럼 무도회를 시작하겠습니다. 아직 준비한 이벤트가 많으니 부디 즐거운 무도회를 보내시길."

*　　　*　　　*

"정말 이게 내 진실된 모스비란 마린가. 오오, 시니시여. 어찌 나에게 이런 시련을 주시나이까."

"자, 잠깐만요!"

테리언의 책읽기 창법에 리엘로트가 아연한 표정을 지으며 손을 휘저었다.

"왜, 갑자기? 한창 몰입해서 대본 읽고 있었구만."

"그냥 단순히 읽기만 해선 안 되죠! 연극이잖아요! 실제로 겪는 일인 것처럼 연기하셔야 하는 거라고요!"

"하고 있었는데?"

"아아. 그런 방식으로는 도저히……."

대기실의 한구석에서 리엘로트와 테리언이 대본이 적힌 종이를 든 채 한 시간 후 펼쳐질 연극을 위한 연습을 하고 있었다.

리엘로트도 테리언과 마찬가지로 아르킨 때문에 연극에 불쑥 참여하게 된 경우였다. 그러나 그녀는 A반 클래스답게 뛰어난 암기력으로 단 삼시간에 자신의 역할 대사를 전부 외우는데 성공했다.

하지만 그런 그녀와는 달리 테리언은 외우기는커녕 연기조차 제대로 하지 못하는 실정이었다.

현재 이번 연극에서 보여 줄 스토리는 다름 아닌 기억

을 잃은 소년의 이야기였다.

어느 날 산 속에서 정신을 잃고 쓰러진 소년을 어느 마을 소녀가 발견한다. 소년은 소녀의 보살핌으로 인해 정신은 차렸으나 기억을 잃어 갈 곳이 없었기에 소녀와 같이 살게 되면서 어느 샌가 사랑을 싹틔운다는 이야기.

그러던 어느 날, 머리에 강한 충격을 받고 기억을 되찾은 소년은 그제야 자신이 무엇을 하러 왔는지 떠올리게 된다. 그리고 자신과 지냈던 소녀가 알고 보니 자신의 잃어버렸던 여동생이었고, 자신은 그 여동생을 찾으러 오는 것이 목적이었다는 것을 자각하고 만다.

결국 이성애와 가족애 사이를 갈팡질팡하던 주인공은 끝내 진실을 털어놓게 되지만, 그럼에도 소녀의 마음은 변치 않는다. 그리고 마지막엔 해피엔딩을 맞이하며 끝나는…… 그런 이야기였다.

문제는 테리언이 바로 이 이야기의 주인공 역을 맡았다는 것.

게다가 대본도 등장 인물 중에서 가장 대사가 많았고, 또한 고도의 연기력을 필요로 하는 역할이었기에 상당한 연습을 필요로 했다.

아무리 뛰어난 수준의 연기자라 하더라도 꾸준한 연습이 필요한 역할이었는데 그걸 테리언이 얼렁뚱땅 받아 버리고만 것이다.

"흐아아아. 일단 테리언 님은 여기 대기해 주세요. 감독님이랑 이야기하고 올게요."

리엘로트는 오른손 검지로 관자놀이를 꾹꾹 누르며 의자에 앉아 대본을 체크하고 있는 이베티에게 다가갔다.

"하아. 무리예요. 대사 외우는 건 둘째 치고 연기력부터가 문제네요."

리엘로트는 한숨을 푹 쉬며 이베티의 옆에 마련된 의자에 털썩 앉았다.

솔직히 자기네들은 별로 문제가 되지 않았다. 가장 걱정되는 건 연극이 망치게 되면 질책 받은 첫 번째 대상이 연극을 주도한 감독인 이베티였으니까.

그랬기에 그런 리엘로트의 시선에는 이베티가 얼마나 가련해 보이는지 몰랐다.

괜히 아르킨에게 휘둘려서 이렇게 있는 속, 없는 속 다 타들어 갈 테니까 말이다.

그리고 엄밀히 따져 보면 리엘로트가 아르킨에게 도발했기에 그가 이런 일을 벌였음으로 리엘로트도 어느 정도 책임이 있는 바였다.

"괜찮아요. 그래도 여태까지 아르킨 님이 이런 개입을 한두 번 하신 것도 아니고……. 지금까지는 큰 문제없이 잘 이겨 내 왔잖아요?"

"제가 이베티 님 속을 긁으려는 것은 아니지만……. 침착한 태도는 괜찮으신데 방도는 있으신 거예요?"

"있어요. 없었더라면 벌써 방관한 태도를 취하고 있었
겠죠."

"혹시 실례가 아니라면 어떤 방법인지 여쭤 봐
도……?"

"감독인 제가 할 수 있는 게 뭐겠어요. 당연히 대본 수
정이죠."

이베티는 기본적으로는 감독이었지만 이 연극의 대본을
짠 작가이기도 했다.

더불어 그녀의 전공학과는 다름 아닌 문학과!

그것도 학과 내의 실력을 랭크로 구분하자면 무려 S랭
크라 볼 수 있는 그녀였다.

"어떻게 짜실 예정이신가요?"

리엘로트의 질문에 이베티는 대본의 남자 주인공 대사
에 밑줄을 쫙쫙 그으며 대답했다.

"일단 남자 주인공 이미지부터 바꿔야 해요. 최대한 대
사가 없도록, 그리고 그러기 위해선 벙어리라든가 혹은
말수가 적은 성격을 넣든 간에 해야겠죠."

"그리고 움직임도 최대한 줄여 주셨으면 해요. 아까 잠
시 대본 연습해 보니 연기도 최하 수준이시거든요."

"그렇군요. 그럼 동작도 최대한 간략화해 보겠습니다.
흠, 그럼 주인공이 조용하고 얌전한 성격이 좋겠군요. 일

단 연극 시작하기 전까진 대본 수정을 끝내 볼 테니 그동
안 남자 주인공 대역 분이랑 의견을 조율해 주세요."

"알겠어요. 그럼 계속 수고해 주세요."

＊　　　＊　　　＊

한 편 그런 그들의 모습을 주시하고 있던 한 여학생이
있었다.

그 여학생은 잠시 주변을 두리번거리더니 대기실을 빠
져나와 무도회장으로 향했다. 그리고는 무도회장에서 유
난히 눈에 띄는 사람 중 한 명인 아르킨에게 다가갔다.

"어머, 어쩜! 이번에도 연극에 출연하신다면서요?"

"하하. 공교롭게도 이번 연극은 제가 주인공이 아니라
서 그리 기대는 안 하셔도 됩니다. 이번에는 악역을 맡게
되었거든요."

"꺄아! 악역이 있어야 연극이 재미있는 법이죠! 기대하
고 있을게요, 아르킨 씨!"

"하하, 이거 기대하시는 분들이 많으니 왠지 모르게 부
담······."

"아르킨 님."

아름다운 드레스를 입은 여학생들 사이에서 화기애애한
대화를 나누던 아르킨은 돌연 교복을 차려입은 한 여학생

이 다가오자 눈빛이 날카로워졌다.

그리고는 주변에 있던 여학생들에게 양해를 구하며 무리에서 빠져나오더니 교복을 입은 여학생에게 다가가며 말했다.

"상황은 어떻지?"

"분위기를 보니 아직 희망은 있어 보이는 듯합니다."

그러자 가볍게 혓바닥을 차는 아르킨.

"쯧. 그럼 연극 무대에서 보여 줄 장치는?"

"완벽합니다. 문제없이 작동될 겁니다."

"흐음. 일단 그 장치만 성공적으로 이루어진다면 되겠지만…… 이것만으론 성이 안 찬단 말이지."

아르킨은 집게손가락으로 턱을 만지작거리며 생각에 잠기는 듯한 모습을 보였다.

그의 목적은 다름 아닌 리엘로트의 가면을 부숴 버리는 것. 그리고 그 목적을 위해서 테리언을 제물로 삼았다.

연극이 벌어지게 되어 그 '장치'가 성공적으로만 이루어진다면 이번 일은 성공한 것이나 다름없는 상태.

하지만 이것만으로는 부족하다고 느꼈다.

'기승전결. 모두 절망에 빠트리고 싶단 말이지. 어디 좋은 방법이 없을까?'

그런데 문득 그런 아르킨의 시선에 무대 위에 올라와 자신의 특기를 발휘하여 멋진 모습을 선보이고 있는 한 남학생이 들어왔다.

프린스 무도회의 참가자.

아르킨이라면 프린스 무도회쯤이야 따 놓은 당상이나 다름없었다. 단지 이번엔 나름대로 세운 계획도 있거니 했고, 어차피 이길 마당에 굳이 참여할 이유가 없었기에 관심이 없었던 상태였다.

하지만 문득 프린스 무도회가 개최되는 모습을 보니 기발한 생각이 떠오른 것이었다.

'메인 디쉬 전의 애피타이저로써는 아주 딱이겠어.'

잠시 머릿속의 정리를 끝낸 아르킨은 마침내 씨익 웃어 보이며 말했다.

"프리야. 사회자한테 가서 저 참가자가 끝나는 대로 잠시 따로 무대 자리 좀 빌려 달라고 요청해라. 내 이름을 대면 분명 만들어 줄 거다."

"알겠습니다."

"그리고 이건 상이다."

아르킨은 프리야의 손을 가볍게 들어 보이더니 그 손등에 가볍게 입맞춤을 해 주었다. 그러자 프리야는 어쩔 줄 몰라 하며 두 뺨을 어루만지더니 곧 무대 뒤에서 대기하고 있는 사회자를 향해 달려갔다.

*　　　*　　　*

'느껴져. 이곳에 오라버니가 있어.'

프로티나 아카데미의 한복판에 외부인인 듯한 한 소녀가 멍한 표정으로 주변을 두리번거리고 있었다. 그러다가 돌연 두 눈을 살포시 감고서는 두 손을 가슴에 모아 쥔 채 무언가에 집중하기 시작했다.

'아주 희미해서 잘 느껴지지 않지만⋯⋯. 분명히 가까운 곳에 있어.'

평범한 사복 차림이었지만 그 자태가 어딘가 범상치 않은 듯한 기운을 내뿜는 소녀.

파앗!

'저기구나.'

한차례 소녀의 몸에서 푸른빛이 사방으로 퍼져 나가더니 마침내 살포시 감겼던 두 눈꺼풀이 올려졌다.

그러자 그녀의 보석 같은 눈동자가 달빛에 반사되어 반짝이는데 마치 보석을 세공해 박아 넣은 듯하였다.

그녀는 과연 어디로 향하는 것일까.

그것은 소녀 자신도 몰랐다.

그저 마치 무언가에 이끌리듯, '오라버니'라 지칭하는 누군가를 향해 무작정 향하고 있었다. 그것이 정확히 누구인지 인지하지도 못한 채로.

그러나 한 가지, 소녀는 확신하고 있었다.

마음속의 갑갑함과 외로움, 그리고 아련함.

이 복잡한 감정을 자신을 이끌고 있는 '그 사람'을 만나면 전부 해결되리라고.

"어라. 혹시 너도 여기 학생인 거니?"

그런 소녀의 앞에 돌연 어떤 교수가 나타났다.

"……."

"응? 어디서 많이 본 것 같은데……. 그런데 혹시 무도회에 참여할 마땅한 옷이 없는 거니?"

소녀는 아무런 제스처도 취하지 않았지만 교수는 혼자서 무언가 중얼거리더니 이내 인심 썼다는 듯 고개를 끄덕이며 말했다.

"마침 내가 드레스가 없어서 무도회에 참여하지 못한 여학생들을 위해서 몇 개 구해 놓은 드레스가 있거든. 잠시 빌려 줄 테니까 입고 가 봐! 1년에 한 번 열리는 무도회인데 옷이 없다고 참여 못하면 쓸쓸하잖니?"

"……."

소녀는 아무런 대답도 하지 않았지만 이내 교수가 손을 잡고 따라오라고 하자 끌려가듯이 따라갔다. 그러나 소녀는 별다른 저항은 하지 않았다.

현재 교수가 향하고 있는 장소가 소녀도 향하려고 하는 곳이었기에.

프로티나 왕국의 수도 가르반은 현재 비상 상태가 발령된 상태였다. 무엇보다 가장 큰 원인은 프로티나 아카데미 학생인 것으로 추정되는 무리가 정체불명의 무리들을 이끌고 관문소를 습격한 사건 때문이었다.

다행히 왕국군의 정예군이 지원이 와 준 덕분에 몰살당하지는 않았으나, 다시 그들이 수도 안으로 도망치는 바람에 또 다른 문제가 생기고 만 것이었다.

"드디어 폐하의 지원 병력이 도착했다고 합니다. 이로써 그들이 수도 바깥으로 빠져나갈 일은 없을 거라 생각됩니다. 적어도 불락의 성벽을 부수지 않는 한 말이죠."

왕궁 마법단의 본부에 돌아온 로턴과 데니크는 호문쿨루스들을 안전한 곳에 데려다 둔 후 잠시 서로 대화를 나누고 있었다.

"수고했네. 불락의 성벽의 견고함은 나도 익히 알고 있으니 무너질 일은 없을 걸세. 그리고 그들의 힘으로써는 결코 불락의 성벽을 부수지 못할 게야. 물론 비행 마법으로 날아가는 건 꿈도 못 꿀 걸세."

비행 마법은 아무리 높게 날아도 10m가 한계다. 마경력 30년 이상에 다다른 자는 최대 100m 이상까지 날 수 있는 고공 비행 마법이 있긴 했지만, 데니크는 그런 방법으로 도망칠 것이라고는 예상하지 않았다.

'애초에 비행 마법은 섬세한 컨트롤을 요구로 하는 마법이다. 한두 명까진 커버한다 하더라도 무엇보다 그들이 데리고 간 남은 호문쿨루스들은 대략 스무 명 남짓. 그 스무 명 전원을 비행 마법으로 성벽을 넘는다는 것은 흑마법의 도움을 받는다 하더라도 무리야.'

만약 그게 가능했더라면 그들이 아카데미 담벼락을 넘어갈 때도 굳이 벽을 부수지 않고 날아서 갔으리라. 그런데 굳이 부수려 했다는 건 같이 동행하고 있던 마법사의 경지가 아직 그 정도만큼은 도달하지 않았다는 뜻.

게다가 다른 수를 쓴다 하더라도 달라지는 것은 없을 것이다.

무엇보다 불락의 성벽은 과거 프로티나 천재 마법사라 불린 프로보크가 고밀도 방어 마법진을 구축해 놓은 상태이니까.

데니크가 말했다.

"아직 이 사건은 프로티나 아카데미에까진 퍼지지 않았겠지?"

"예. 하지만 걱정되는군요. 최대한 입단속시키고는 있습니다만 만약 소문이 퍼지기라도 한다면……."

"그런 일은 없도록 해야겠지. 안 그래도 타국의 귀족들까지 와 있는 상황에 이런 소문이 퍼지면 분명 좋은 소리는 못 들을 테니까."

데니크는 수염을 어루만지며 왕궁 마법단의 격리실에 있는 총 여덟 명의 호문쿨루스들을 쳐다보았다. 현재 그녀들은 체내의 마나가 원활하게 활동하도록 도움을 주는 침대에 누워 치료를 받고 있었다.

프로토 타입의 경우는 많이 나아진 상태였지만 그래도 혹시 모를 일이 있을지도 몰라 같이 치료를 받는 상태였다.

사실 호문쿨루스들의 고질적인 문제는 저런 침대에 눕는다고 해결되는 것은 아니었다. 하지만 현재의 저 호문쿨루스들은 가장 근본적인 문제가 해결이 된 상태이기에 남은 것은 안정기만 찾는 것뿐이었다.

데니크의 시선이 격리실 쪽으로 향한 것을 눈치챈 로턴이 말했다.

"만약 안정기에 접어든다면 저 호문쿨루스들은 어떻게 될까요?"

"마나의 흐름이 안정된다 하더라도 애초에 육체부터가 불안정하네. 하지만 마나의 흐름이 안정된 것만으로도 그녀들의 수명은 아마 30년 이상 더 늘어났겠지."

길어봤자 3~4년 산다는 일반적인 호문쿨루스들에 비하면 말 그대로 혁신적인 결과라 볼 수 있었다.

그리고 데니크는 그 혁신적인 결과를 불러일으킨 존재를 떠올렸다.

"로턴. 그러고 보니 그 청년의 이름이 분명 테리언이라고 했던가?"

"예."

"그 소년, 정말 대단하더군. 내 주문을 취소시키는 것도 모자라 불안정한 호문쿨루스들의 마나도 안정화시켰어. 그것도 별다른 마법을 쓰지도 않고 그냥 접촉했던 것만으로도. 대체 누구의 자식인가?"

로턴이 테리언의 이질적인 힘에 이끌렸듯이 데니크 역시 그런 테리언의 힘에 호기심이 든 것이다. 그리고 무엇보다 자세히 확인해 보지는 못했지만 데니크는 어슴푸레 느낄 수 있었다.

테리언이라는 소년에게는 무언가 말로 형용할 수 없는 비장한 무언가가 있다는 것을.

"사실 테리언에 대해선 전에도 한 번 소개해 드릴까 했었는데……. 먼저 물어보신 질문에 대답해 드리자면 그녀석은 부모가 없습니다. 정확히는 누구인지 모릅니다."

"누구인지 모른다니?"

"오래전 로렌스카 마을에 불쑥 나타나 위험에 처했던 우리 딸내미를 구해 주었지요. 그런데 그 사건 때 머리를 크게 다쳐서 기억을 잃어버리는 바람에……."

"허허, 그리고 그 기억이 아직까지 돌아오지 않았다?"

"예. 정말 저도 알고 싶습니다. 기억을 잃기 전의 그 녀석은 과연 뭐하던 녀석이었는지……."

자신에게 영향을 끼치는 마나는 배제하는가 하면 반대로 남에게는 좋은 영향을 끼치는 힘.

상식적으로 설명이 되지 않는 이 불가사의한 힘을 알아내고자 하는 데만 해도 9년 이상이 걸렸다.

'하지만 그건 내 경지가 부족했기 때문이 아닐까?'

만약 자기보다 훨씬 높은 경지에 있는 데니크라면 테리언의 힘의 비밀을 알아낼 수 있지 않을까……. 로턴이 그런 생각이 막 들던 참이었다.

"로턴 님, 그리고 데니크 단장님."

격리실 입구에 서 있던 그들의 앞에 문득 프로티나 왕궁 마법단의 일원 중 한 명인 제커가 다가왔다.

"제커? 무슨 일이지?"

"프로티나 아카데미의 양호 선생으로 일하는 셀리 아커스가 특이한 학생을 발견했다면서 왕궁 마법단에 연락을 넣었습니다. 우리 왕궁 마법단 측의 조사를 요청했기에 로턴 님도 아셔야 할 것 같아서 말입니다."

"특이한 학생?"

특이한 학생이라는 말에 로턴은 마치 제 발 저린 것마냥 흠칫 놀라는 모습을 보였다.

로턴이 놀라 되묻자 제커가 대답했다.

"예. 우연히 양호실에 들른 어떤 소년을 진찰하는데 그 체내에 놀랍게도 엘도흐 제국의 4대 신이라 불리는 다니안, 프리실라, 하실리카, 프리드의 진(陳)이 새겨져 있었다는 겁니다."

진.

쉽게 말하자면 누군가 지속 마법을 걸고 나서 그 마법을 유지시키기 위해 새긴 문양을 뜻했다.

그리고 그 마법진 중에서도 특히나 신의 마법진은 해당 신을 섬기는 신자들이나 혹은 한 번이라도 그 마법진을 직접 본 이가 아니면 감지해 내기 힘들어 특수한 진으로 손꼽히고 있었다.

"호, 혹시 그 소년의 이름이 어떻게 되지?"

로턴이 떨리는 목소리로 물었다.

만약, 아주 만약에 여기에서 그가 생각했던 인물의 이름이 나온다면……

"성은 없고 이름은 '테리언'이라는 학생이라고 합니다."

그 순간 로턴은 전신에 전율이 흐르는 것을 느꼈다.

아직 모든 의문이 풀린 것은 아니었지만 단 하나 확신이 서는 것은 있었기 때문.

그런데 문득 제커의 이어지는 말.

"그런데 한 가지 더 소식이 있습니다. 현재 도망쳤던 정체불명의 무리들이 프로티나 아카데미로 향했다는 소식입니다."

Chapter.4

아르킨 vs 테리언

한창 분위기가 무르익어 가던 때였다.

돌연 사회자가 무대에 서더니 학생들의 이목을 끌며 말했다.

"아아, 여러분들. 무도회는 즐겁게 즐기고 계십니까? 다름이 아니라 이번 프린스 무도회에 참여한다면 강력 우승 후보가 아닐까 예상되는 아르킨 님께서 깜짝 제안을 해 주셨기에 안내해 드립니다."

사회자의 말에 각기 춤을 추며 파티를 즐기던 학생들의 고개가 무대 쪽으로 주목되었다.

"자세한 이야기는 아르킨 님께서 전해 드릴 예정이니 주목해 주시면 감사하겠습니다."

무대의 옆에서 대기하고 있던 아르킨은 사회자에게 확성 마법이 걸린 지팡이를 건네받고는 잠시 지팡이를 톡톡 치며 상태를 점검하는 시늉을 보였다. 그러더니 곧 무대 아래에 있는 학생들을 향해 부드러운 미소를 지어 보이며 입을 열었다.

"안녕하십니까, 신사숙녀 여러분들. 거두절미하고 본론으로 바로 넘어가자면 이번 무도회에 불을 지펴 볼까 해서 제가 특별 무대를 선보일까 합니다. 이번 프린스 무도회의 룰은 남성이 각기 자신의 재량을 마음껏 발휘하여 여성들에게 많은 표를 받는 것이 아니겠습니까? 그래서 저도 이 프린스 무도회에 참여해 볼까 합니다."

아르킨의 말이 끝나자 관중들 사이에서 웅성거리는 소리가 들려왔다.

특히나 잔뜩 프린스 무도회의 무대를 노리고 있던 남학생들 사이에선 자기네들끼리 수군거리며 볼멘소리까지 터져 나오고 있었다.

처음 아르킨의 분위기를 보았을 땐 전혀 프린스 무도회에 참여할 기색이 없었는데 갑자기 태도를 바꾸니 모두가 이상하게 여긴 것이다.

"물론 정식 참여는 아닙니다. 정확히 말씀드리자면 프린스 무도회의 '룰' 만 빌리겠다는 것이지요. 일종의 번외 경기랄까요? 그리고 추가적으로 여기에 일대일 경쟁이라는 요소를 넣을 생각입니다."

그리고 이어지는 아르킨의 말을 조리 있게 설명하자면 이런 말이었다.

이번에 자신이 선보일 프린스 무도회에는 아르킨 자신과 경쟁을 할 대상인 사람이 동시에 무대에 선다. 그리고 각기 돌아가면서 재주를 뽐낸 후 두 사람 중 가장 많은 여학생에게 표를 뽑는 사람이 이기는 방식이라는 것이었다.

이른바 일대일 정면 대결인 셈.

그렇게 아르킨의 설명이 끝나자 무도회장 내에 적지 않은 소란이 났다. 아까의 불만 어린 웅성거림과는 다른 의문이 담긴 웅성거림이었다.

그때, 무대 코너 쪽에서 대기하고 있던 사회자가 관계자로부터 또 하나의 확성 마법이 걸린 지팡이를 손에 든 채 무대에 난입했다.

"저기, 아르킨 님. 말씀 잘 들었습니다. 그런데 무도회장에 계신 신사숙녀 분들께서 궁금해 하고 계신데 이제 슬슬 말씀해 주지 않으시겠습니까?"

"무엇을 말입니까?"

"아르킨 님이 말씀하신 그 '경쟁' 상대 말씀입니다."

아르킨이 이런 제안을 했다는 것. 그것도 일부러 정식 프린스 무도회와는 다른 번외 경기를 보여 주려는 것이라면 분명 즐거움을 주기 위해서라는 것.

아르킨은 정식 프린스 무도회에 참여했다면 강력한 우승 후보다. 그런데 그런 우승 후보가 정식에 참여하지 않고 따로 번외를 펼치면서까지 일부러 '경쟁 무도회'를 펼쳐 보이겠다니?

이쯤 되니 궁금하지 않을 수 없었던 것이다.

일부러 정식이 아닌 번외를 펼치면서까지 누구와 경쟁을 하고 싶은 것인지를.

"아하. 그런 말씀이셨군요. 그런데 저는 몇몇 분들은 이미 짐작하고 있지 않을까 생각했었는데요? 최근 들어 아카데미 내에서 저와 비교된다는 학생이 있지 않습니까?"

그 말에 무도회장 내에 있던 몇몇 이들이 뭔가 알겠다는 듯 고개를 끄덕이며 흥미로운 미소를 지었다. 그러나 아직 많은 이들은 여전히 눈치채지 못했는지 모르겠다는 표정이었다.

그 모습을 본 아르킨이 가볍게 고개를 젓더니 이내 어쩔 수 없다는 듯 피식 웃어 보이며 말했다.

"그럼 이번 경쟁 상대에 대한 힌트를 드리죠. 이번 아카데미에 편입해서 짧은 시간 내에 네임드가 된, '혁명의 소년'이라는 별명을 가진 사람입니다."

*   *   *

"설마 테리언 오빠?"

"혀…… 혁명의 소년이라면 테리언 말하는 거잖아!"

아르킨의 발언에 안전 요원 역을 맡고 있던 제네시드와 로리에가 깜짝 놀랐다. 그리고 그 놀람은 그녀들의 반대편에 서 있던 클레첼과 네리 역시 매한가지였다.

단지 아젤리카와 칼리가는 여전히 대수롭지 않다는 표정이었고, 네이젠은 놀랍다기보다는 의외라는 표정을 짓고 있었다.

그때 네리와 클레첼의 중간에 서 있던 네이젠이 턱을 쓰다듬으며 말했다.

"뭐, 아르킨 녀석이 매 무도회마다 저런 장난을 보여 주는 건 한두 번이 아니라서 말이지. 그런데 그 상대로 테리언을 지목한 건 좀 의외군."

아르킨은 여자와 관련된 문제 외에는 대부분 신경 쓰지 않아 하는 성격이었다.

물론 최근 들어 테리언이 특출하지도 않음에도 불구하고 아름다운 여학생들을 끌고 다닌다며 비교 대상에 오르기는 했다. 그러나 겨우 그런 요소로 아르킨을 자극했다고는 볼 수는 없었다.

"혹시 예전에 테리언이 아르킨이랑 부딪힌 적이라도 있었나?"

네이젠의 중얼거림에 클레첼과 네리가 동시에 흠칫했다.

있었다. 딱 한 번뿐이었지만 분명히 테리언은 아르킨과 마찰이 있던 것이었다.

"그런데 분명 테리언은 연극 연습한다고 분명 무대 뒤 대기실에 있는 상태 아닌가요?"

클레첼의 물음에 네이젠이 답했다.

"아마 들었겠지. 무대 뒤 대기실이 확성 마법이 유난히 잘 들리는 곳이거든."

"그럼 테리언은 어떻게 되는 거죠?"

"글쎄. 아르킨의 성미를 봐서 사전 협의는 전혀 안 된 발언 같으니까…… 남은 건 망신당하는 일뿐이겠지?"

"그, 그래도……!"

"애초에 아르킨과 프린스 무도회 대결을 펼친다는 게 바위에 계란 치기라고?"

네이젠이 고개를 살래살래 저으며 대답했다.

분명 이 무도회장에 있는 여학생 중에 30% 이상은 분명 아르킨을 옹호하거나 혹은 호감을 가진 이들일 것이다.

물론 그 나머지 70%에게 희망을 걸어 볼 수도 있겠지만 대부분 여학생들은 프린스 무도회에는 투표를 잘 주지 않는다.

무엇보다 투표한다 하더라도 아무런 이득도 없기 때문

에 50% 이상은 그냥 귀찮아서 구경만 한다. 나머지 20% 만이 괜찮다고 생각하면 투표하고 아니다 싶으면 투표하지 않는 경우다.

즉, 테리언이 20%를 전부 얻는다 하더라도 무조건 30%는 먹고 들어가는 아르킨은 이길 수 없다는 뜻이다.

무엇보다 이 프린스 무도회의 싸움은 누가 더 여학생의 마음을 끌어 잡느냐가 관건인 이벤트였으니까. 그리고 추가적으로 말하자면 여자라면 도가 튼 아르킨에겐 적수는 없다고 봐도 무방할 정도.

"그리고 한 가지 더, 투표 방식에 대해 설명하고자 합니다!"

그런데 돌연 무대에서 아르킨의 말이 들려왔다.

"본래 투표 방식과는 달리 이번에는 투표 선정 때 직접 여학생 분들이 무대에 올라와 마음에 드는 상대에게 다가오는 겁니다."

"허허. 이건 뭐 결정타로구만."

아르킨의 말에 네이젠이 너털웃음을 흘렸다.

그러나 결코 유쾌한 웃음은 아니었다.

안 그래도 프린스 무도회는 투표율이 그다지 좋지 못한 편이다. 게다가 그 투표란 것도 무대 바로 옆에 설치된 투표소에서 인장을 찍어 투표하는 방식. 이것마저 귀찮아 해서 안 하는 사람들이 많았는데 직접 무대로 올라오라고까지 한다니?

아르킨이야 추종하는 이들이 워낙 많다 보니 손수 무대에 올라와 줄 여학생들은 차고도 넘칠 것이 분명하다. 그러나 이제 막 아카데미에 편입해 아직 얼굴이 많이 알려지지 않은 테리언은 어떨까?

안 그래도 테리언은 혁명의 소년 이전에 여학생들 사이에선 옷차림새부터가 불량하다며 마이너스 점수를 받고 있던 상황이었다. 그리고 그것은 과거 마법 대련장에서 어느 여학생에게 가슴을 만져도 되겠냐는 발언 때문에 더더욱 감점이 된 상황이었고 말이다.

"이상하군. 보통 아르킨이라면 저렇게까지 몰아붙이지는 않는데…… 단순한 여흥거리로 즐길 정도가 아닐…… 응? 근데 쟤는 어디가?"

그때 한참 상황을 분석하던 네이젠의 시선에 무언가 괴로운 듯 가슴을 부여잡고 숨을 헐떡이더니 이내 다급히 무도회장에서 빠져나가는 제네시드가 보였다.

＊　　　＊　　　＊

"끄으으으. 하아. 하아. 허억!"

연신 멱살을 움켜쥔 채 괴로워하던 제네시드는 강당을 빠져나와 사람들의 시선이 잘 닿지 않은 한구석에 도달했다.

그리고는 벽에 등을 기댄 채 연신 거친 호흡을 내뱉는가 싶더니 돌연 제네시드의 몸에 변화가 일어나기 시작했다.

평평했던 가슴이 봉긋이 솟아오르는가 하면 볼록하게 튀어나왔던 고간이 매끄러워졌다. 그와 더불어 체형이 전체적으로 왜소해지기 시작했다.

헤르마프로. 그런데 일반적인 헤르마프로가 아니었다.

'전부터 주기가 불안정해지는 것 같았는데 하필이면 이런 때 변하다니…….'

몸의 변화가 완벽하게 끝나자 제네시드의 호흡의 톤도 명확하게 달라졌다.

약간 어린 소년이 내는 듯한 호흡에서 완벽한 소녀의 호흡으로.

잠시 벽에 손을 짚은 채 비틀거리던 제네시드는 이내 정신을 차리고는 조심스레 주변을 둘러보았다.

다행히 테리언의 조언 이후로 어느 때나 여학생 교복을 입고 다녔기에 모습 자체에 어색한 점은 없었다.

원래라면 완벽한 여자로 변형되는 주기는 오전 4시에서 오전 6시였다. 그런데 이것이 테리언을 만난 이후로 점차 앞당겨지더니 오늘은 무려 오후 8시까지 껑충 뛰어 버린 것이다.

'슬슬 다가오는 건가.'

완벽히 여성으로 변하는 주기, 완벽히 남성으로 변하는 주기. 이 두 개의 주기가 맞물리는 순간 마침내 제네시드는 선택해야 하는 순간이 올 것이다.

여자로 남을 것인지, 남자로 남을 것인지.

아니면 또 다시 이도저도 아닌 존재로 있을 것이지.

'그런데 어떡하지⋯⋯. 현재 이런 모습으로 돌아가자니 조금 어색한데⋯⋯.'

특히나 이번에는 평소의 변화는 달랐다.

주기가 앞당겨진 것도 그렇지만 몸매부터가 확연하게 달라졌으니까.

거울이 없어서 외모를 보진 못했으나 자신의 몸에 대해선 그 누구보다도 잘 아는 제네시드였다. 무엇보다 몸에 대해서라면 가장 민감한 존재였으니까.

그런 그의 시선으로 보이는 자신의 몸매는 전보다 확실히 달라진 상태였다. 정확히는 평소 주기가 다가왔을 때 변화하는 몸매보다 훨씬 도드라졌다고 볼 수 있었다.

쉽게 말하자면 좀 더 확실히 여성스러워진 상태였다.

"어라. 설마 너도 옷이 없어서 이번 무도회에 참여하지 못한 거니?"

그런데 그 순간 뒤통수 너머로 들려오는 목소리에 제네시드가 깜짝 놀라며 고개를 돌렸다. 그러자 그곳에는 의외라는 표정을 짓고 있는 한 남자가 서 있었다.

"팔카트 교수님?"

"오호라. 내 이름을 알고 있네?"

"네, 뭐……."

전략 전술 쪽으로 S반에 들어갔을 정도다 보니 아카데미에 다니는 교수들의 인상과 이름은 전부 외운 상태였다.

아마 프로티나 왕국이 아닌 타국에서 선생 역할을 하다가 프로티나 아카데미에 스카우트 돼서 전업한 교수였다.

"마침 잘 됐네. 이제 슬슬 무도회가 한창 뜨거워질 테니 순찰은 여기까지만 돌고 들어가려 하던 참이었거든."

"순찰요?"

그러자 팔카트가 아차 싶으며 입으로 손을 가렸다.

"헙! 이게 아니지. 여하튼 너도 드레스가 없는 거구나? 이렇게나 아름다운데 무도회에 참여도 못하면 얼마나 서글프겠니?"

"아니, 전 그게 아니라……."

'자신은 아카데미 스카우트 부원이기 때문에 안전 요원 역을 맡고 있다' 라고 설명하려고 했다.

그러나 팔카트는 제네시드가 그런 말을 하기도 전에 덜컥 손을 잡더니 따라오라는 듯 어디론가 끌고 가기 시작했다.

"자, 잠깐만요! 전 그러니까 아카데미……."

"하하. 쑥스러워할 것 없어요. 이미 너 같은 다른 여학생도 내 도움으로 예쁜 드레스를 입고 무도회에 참여했는걸?"

"네?"

"아, 마침 저기 있구나!"

한 손으로 강당의 후문 쪽을 가리키는 팔카드.

그가 가리킨 쪽을 바라보던 제네시드는 이내 두 동공이 크게 확대되었다. 그리고는 뭔가 잘못 봤나 싶어 한 손으로 눈을 비비적거리더니 두 눈을 끔뻑거리며 다시 쳐다보아야 했다.

'자, 잠깐! 저분 설마 레이시라 공주님 아니야?'

워낙 폐쇄적인 성격이라서 모습을 자주 드러내지 않는다지만 제네시드는 과거 가문 일 때문에 공주의 모습을 본 적이 있었다. 그리고 현재 강당 후문에서 들어갈지 말지 망설이고 있는 보라색 드레스를 입고 있는 소녀의 외형은 틀림없는 레이시라였던 것이다.

"자, 마침 저 아이도 안 들어간 것 같으니 같이 들어가렴. 내가 금방 옷을 입혀 줄 테니까."

"네? 그게 무슨……."

팔카드는 다른 손에 들고 있던 가방을 열더니 노란 드레스를 꺼내 들며 한차례 마법을 외웠다. 그러자 팔카드의 손에 들려 있던 드레스가 사라지는가 싶더니 어느 샌가 제네시드의 몸에 입혀져 있었다.

"꺄앗!"

순식간에 옷차림이 시원스레 변하자 제네시드가 깜짝 놀라며 외마디의 비명을 내질렀다. 그러나 그런 모습을 보며 팔카드가 껄껄 웃더니 아직 들어가지 않고 머뭇거리던 레이시라의 곁에 제네시드를 붙여 주었다.

"저, 저기 교수님?"

"자자, 길어 봤자 세 번밖에 즐기지 못하는 무도회인데 마음껏 즐기시라고요, 우리 예쁜 아가씨들?"

팔카드는 그 말과 함께 막무가내 식으로 강당 안으로 두 소녀를 밀어 넣었다. 그리고는 강당 후문을 닫은 후 잠시 주변을 두리번거리더니 통신 마법을 쓰며 누군가에게 수신을 걸었다.

"이사장님. 모두 끝냈습니다."

"수고했어. 차질 없는 거 맞겠지?"

"물론입니다."

수신을 받은 상대는 다름 아닌 프로티나 아카데미의 이사장인 세이나였다.

"이사장님 말대로 무도회장 근처에서 방황하고 있던 소녀들에게 드레스를 입혀서 들여보냈습니다."

"'소녀들'이라고?"

"네. 두 명이 있던데요?

"으음. 뭐 괜찮겠지. 일처리만 확실했으면 됐어."

"그런데 왜 이런 일을 시키신 겁니까? 또 드레스가 없어서 참여를 못할 여학생들이 있다는 건 어떻게 아신 거구요?"

팔카드의 질문에 통신 너머로 귀여운 코웃음을 흘리는 세이나.

"거기까진 알 것 없어. 기밀 사항이니까."

"아, 그렇군요. 제가 실례되는 질문을 했습니다."

"여하튼 수고했어. 이제 들어가 봐도 돼."

치잉.

마침내 통신이 끊기는 소리가 들리자 팔카드는 두 손을 주머니에 집어넣으며 밤하늘을 올려다보았다.

떠다니는 뭉게구름 사이로 빛나는 달의 모습이 어째서인지 영험하게 보이는 것은 왜일까.

'하여간 무슨 생각을 하는지 도통 헤아릴 수가 없는 분이시라니까, 세이나 이사장님은.'

팔카드는 고개를 숙이며 피식 웃더니 이내 순간 이동 마법으로 어디론가 사라졌다.

*　　　　*　　　　*

아르킨이 선보인다는 깜짝 이벤트.

당연하게도 이 이벤트는 테리언과는 전혀 사전 협의가 되지 않은 돌발적인 것이었다.

"저 인간. 분명 작정하고 날 골탕 먹이려고 하고 있어요!"

"워워, 진정해. 그렇게 화 낼 필요는 없잖아. 너한테 직접 해코지를 하는 것도 아닌데 말이야."

"화 안 나게 생겼어요? 전 오히려 속상해 죽겠단 말이에요! 괜히 저 때문에 테리언 님이 이런 일에 휘말리시고……."

"걱정할 필요 없어. 다 잘될…… 거라고는 장담하지 못하지만 난 괜찮으니까. 그러니까 네가 걱정할 필요 없다고."

테리언은 울상이 된 리엘로트의 등을 톡톡 두드려 주며 씨익 웃어 보였다.

도대체 아르킨은 상대로 무엇을 할 생각인걸까.

다른 것도 아니고 다름 아닌 여자와 관련된 이벤트다. 그리고 상대는 아카데미 내에서 인기남 1위라 불리는 강적 아르킨.

실낱같은 희망조차 없는 상황에서 과연 테리언은 무엇을 선보일까. 아니, 그 이전에 저 많은 학생들 앞에서 아르킨은 많은 여학생들의 투표를 받는데 자기 혼자 썰렁한 그 무안함과 부끄러움을 견뎌 낼 수는 있을까.

철혈의 소녀라 불리는 리엘로트 자신조차도 견뎌 낼 수

있을지 마음이 흔들릴 정도인데 말이다.

'도대체 말이지……. 처음 만났을 때도 그렇고 도대체 무슨 생각을 하시는 분인지 알 수가 없단 말이에요.'

하지만 순수하게 여자 가슴을 만지는 것을 좋아하면서도 그런 여학생들의 눈초리에는 눈곱만큼도 신경을 쓰지 않는 그다.

그런 존재니 테리언에 대한 걱정은 그리 크게 하지 않아도 될지도 몰랐다.

단지 리엘로트는 무대에서 여유로운 미소를 자아내고 있는 아르킨을 바라보며 미간을 찌푸릴 따름이었다.

'아마 아르킨의 성미를 생각하면 결코 준비한 게 이것만은 아닐 거야. 분명 뭔가 더 있어. 근데 그게 뭘까?'

현재로써는 알 길이 없었다.

행여나 알고 있다 하더라도 리엘로트로써는 저지할 방법이 없었다. 그저 버텨 내는 것만이 가능할 뿐.

아르킨은 그런 존재였으니까.

"자, 박수로 맞이해 주시길 바랍니다! 바로 이분이 그 최근 아카데미에 편입해 최단 기간으로 네임드가 된 혁명의 소년, 테리언입니다!"

아르킨의 말에 예의상 몇몇 이들이 쳐 주었다.

터벅터벅.

사전 협의도 되지 않고 이런 무대에 갑작스레 초대가

되었다. 보통이라면 황당해하거나 두려워해야 하는 것이 정상이었거늘 어째서인지 테리언은 싱글벙글한 표정을 짓고 있었다.

그리고 그 표정이 아르킨의 화를 더욱 돋우었다.

"그럼 인사 치례는 여기까지 하고 바로 대결을 펼쳐 보이도록 하겠습니다. 테리언, 내가 먼저 선보여도 되겠나?"

"좋을 대로 해."

"……좋아. 그럼 거기서 잘 지켜보고 있으라고."

적어도 당황해하는 모습이라도 보일 줄 알았던 예상과는 달리 여유로운 태도를 보이는 테리언의 모습에 아르킨은 다소 눈살을 찌푸렸다.

'압도적이란 게 무엇인지 확실하게 보여 주마.'

어차피 대충 해도 적당히 투표수를 얻을 수 있겠지만 테리언의 태연자약한 표정을 보니 적당히 해서는 안 될 것 같은 기분이 들었다.

테리언이 혹시 자신을 이기는 것은 아닐까 하는 걱정은 물론 아니었다. 애초에 실패라는 전제는 아예 배제시키고 세운 계획이었으니까.

단지 좀 더 차이를 벌려 주기 위해서였다.

테리언에게 말했듯 '압도적'인 투표수를 보여 주기 위하여.

물론 아르킨이 마음만 먹는다면 자신을 따르는 추종자들에게 귀띔을 주어 투표 조작을 할 수도 있겠지만 아르킨은 일부러 그러지 않았다.

애초에 이번 계획은 이기는 것이 아닌 테리언에게 망신을 주는 것이었으니까.

'그렇게 된다면 남을 위하는 마음이 강한 리엘로트는 분명 자신 때문에 테리언이 피해를 입었다고 생각할 것이겠지. 그리고 망가져 가는 테리언을 보며 나에게 애원할 것이다. 모든 지 들어줄 테니 제발 그만해 달라고!'

그런 미래를 상상하며 아르킨은 양 손을 허공에 뻗었다.

슈웅—

양손에 사람 팔 길이만 한 지름의 마법진이 전개되는가 싶더니 왼손 마법진에는 불이, 그리고 오른손 마법진에는 물이 솟아나기 시작했다.

"오오. 이중 시전이다!"

"그것도 각 성향이 다른 두 마법을 전개했어!"

무도회장 내에 감탄이 일었다.

이중 시전, 마경력이 15년 이상은 돼야 흉내라도 낼 수 있다는 기술. 그것을 지금 아르킨은 능숙히 해내고 있었다.

심지어는 성향이 각기 다른 불과 물의 마법을 동시에!

본래 마법이란 각 성향마다 다루는 방법이 달랐다.

만약 불을 쓴다면 강렬하고 모든 것을 태워 버리겠다는 마음으로 강렬하게, 물을 쓴다면 차가우면서도 잔잔하게.

그런데 이중 시전으로도 모자라 그 성향이 상반되는 두 마법을 다루기 위해선 고도의 집중력을 요구하는 바였다.

"칫. 역시 상판대기만 잘난 게 아니라는 건가. 정말 도련님 납셨구만."

그때 별안간 무도회장 한구석에서 어느 남학생이 영 마음에 안 든다는 듯 미간을 찌푸리며 중얼거리는 것이 아르킨의 귀에 들려왔다.

마법 시전을 위해 집중하면 자연스레 오감이 극대화되다 보니 듣게 되었던 것이지만 아르킨은 전혀 개의치 않았다.

애초에 이런 생활을 하면서 저런 질투 어린 시선과 말투는 한두 번 들어온 아르킨이 아니었으니까. 그저 그에게는 버러지 같은 패배자의 변명으로밖에 들릴 뿐이었다.

'자, 봐라. 테리언! 이게 바로 너와 나의 차이다!'

각기 양손에서 뻗어져 나온 물줄기와 불기둥은 마치 두 마리의 용이 된 것처럼 허공을 현란하게 맴돌며 묘기를 부렸다.

그러다 이내 마지막에는 서로 부딪히더니 강렬한 수증기를 일으키며 무대를 뒤덮었다.

아르킨의 형상이 수증기에 사려 잠시 가려지자 무도회
장 내에 웅성거림이 일었다.

바로 그 순간!

휘이이잉!

갑자기 거친 돌풍이 일더니 순식간에 수증기가 걷히며
마침내 아르킨의 모습이 나타났다.

그리고 어느 샌가 무대 위에 펼쳐진 거대 마법진에서
엄지손가락만 한 크기로 거대화된 눈결정체가 부슬부슬
내렸다.

더불어 아까와 똑같이 이중 시전으로 자신의 등 뒤로
발광 마법으로 휘광이 비추게 만들었다. 그로 인해 무대
위로 내리는 눈결정체가 반짝반짝 빛나게 만들어 그 화려
함을 더욱 돋보이게 했다.

"……."

"……."

그 모습에 잠시 조용해진 무도회장.

그러나 침묵은 오래가지 않았다.

아르킨이 다 끝났다는 듯 오른손을 허공에 든 채 반원
을 긋듯이 내려 보이며 인사를 마쳤다. 그러자 곧 무도회
장에서 폭발적인 환호 소리와 함께 요란한 갈채 소리가
들려왔다.

고도의 기술인 이중 시전인 걸로도 모자라 각기 성향이

다른 두 마법을 동시에 전개! 더불어 화려한 묘기와 군더더기 없는 연출은 눈 높은 귀족 학생들이 보아도 감탄할 만한 모습이 아닐 수 없었다.

아르킨은 마치 '어떠냐'라는 듯한 눈빛으로 테리언을 쓱 쳐다봐 준 후 무대 중앙에서 옆으로 빠져 주었다. 그러자 곧 테리언이 무대 중앙으로 성큼성큼 걸어 나왔다.

'이런 내 모습을 보고도 저렇게 당당하다니?'

그 모습에 아르킨의 또 한 번 미간이 찌푸려질 수밖에 없었다.

설마 아까 전부터 당황하는 기색이 없었던 이유가 뭔가 비장의 술책이라도 숨겨 두었기 때문은 아니었을까?

사실 아르킨이 아까 보여 준 묘기는 그것이 전부가 아니었다. 바닥에 물을 뿌린 후 인력 마법으로 물을 공중으로 끌어올리는 연출이라든가, 빛의 활을 만들어 공중에 얼음 결정을 띄운 후 화살로 맞춰 현란하게 깨부수는 방법도 있었다.

단지 이 두 가지를 더 보여 줄 정도로 필사적일 필요가 없었을 뿐.

그러나 잠시 후 아르킨은 그런 자신의 걱정이 기우라는 것을 깨달았다.

무대 중앙에 선 테리언은 잠시 헛기침을 하더니 주변을 두리번거렸다. 그러더니 곧 뒷통수를 긁적이며 말했다.

"제가 졌습니다."

테리언의 발언에 일순간 조용해진 무도회장.

그러나 침묵은 그리 오래가지 않았다.

곧 한 사람의 비아냥거림을 시작으로 무도회장 전체가 야단법석을 떨기 시작했다. 그럴 수밖에 없는 것이 즐겨야 하는 무도회에서 아르킨이 한창 분위기를 띄워 줬는데 그것을 테리언이 순식간에 가라앉혀 버렸으니까 말이다.

기대가 크면 그만큼 실망도 크다는 말도 있지 않던가.

안 그래도 사람들은 프린스 무도회의 강력 우승 후보로 알려진 아르킨의 대적자가 나온다기에 잔뜩 기대하고 있었다.

어떤 무대를 보여 줄까 내심 기대하고 있는 이들도 많았던 것.

그런데 기대와는 달리 무대에 서자마자 하는 말이 포기 선언이니 실망 그 이상으로 화가 날 수밖에 없었다.

누구는 대놓고 '우우' 거리며 조롱하는가 하면, 어떤 이는 정색을 하며 욕설을 내뱉기도 했다. 그 외에 대놓고 표현하지는 못해도 자기네들끼리 쑥덕거리며 테리언을 향한 비난을 서슴지 않고 해 댔다.

그럼에도 불구하고 테리언은 배시시 웃을 따름이었다.

그 모습에 아르킨은 배알이 꼴렸다.

'도대체 어떻게 생겨 먹은 놈이기에 저런 비난 속에서

도 천연덕스럽게 웃을 수가 있지? 과연, 어쩔 수 없는 평민이기 때문이라 그런 건가? 하긴! 긍지 높은 귀족이었더라면 저런 상황에서 웃을 수 있을 리가 없지!'

비록 테리언에게서 원하는 모습을 보지 못해 안타까웠지만 그다지 역정을 내지는 않았다. 그래도 초기 목적은 달성했으니까 말이다.

"잠시만요! 잠깐만 기다려 주세요!"

한창 테리언에게 비난이 쏟아지고 있는 데 돌연 무대 위로 리엘로트가 올라서며 소리쳤다.

아르킨의 초기 목적.

그것은 리엘로트가 죄책감을 느끼며 무너져 내리는 것을 보는 것이다.

그리고 그의 목적대로 리엘로트는 테리언이 비난을 받는 모습을 보며 아연실색한 표정을 지었다. 무대 위로 올라오면서 어느 정도 표정 관리를 했지만 한순간이나마 그런 표정을 보았던 아르킨으로선 만족스러울 따름이었다.

'그래도 과연 철혈이라는 말이 폼은 아닌가 보구나. 이런 상황에서도 뭔가 꾀가 떠오른 건가, 리엘로트?'

하지만 아르킨은 느낄 수 있었다.

여태까지 굳건히 리엘로트를 가려 주던 철혈의 소녀라는 가면에 금이 가기 시작하는 것을.

*   *   *

"지금 제정신이에요?"

무대 위로 올라와 테리언에게 다가간 리엘로트가 속삭이듯이 소리쳤다.

걱정 말라고 해서 나가기에 뭔가 생각해 둔 것이 있을 줄 알고 다소 마음을 놓으려고 했다. 그런데 안심하기가 무섭게 하는 말이 '제가 졌습니다' 라니?

리엘로트로서는 기가 찰 노릇이었다.

"하지만 너도 봤잖아. 방금 아르킨이 보여 준 무대는 엄청났다고?"

"아흐으."

리엘로트는 배배 꼬이는 신음을 흘리며 이마를 짚었다.

아까 아르킨의 무대가 끝나고 나서 테리언도 눈빛을 반짝이며 신나게 박수를 쳐 댔다. 하지만 보통 사람이라면 결코 보일 수 없는 행동이었다.

누가 봐도 골탕 먹이려고 일부러 깜짝 무대를 열면서까지 망신 주려고 한 행동인데 화를 내기는커녕 오히려 적에게 박수를 쳐 주다니?

물론 테리언이 상관없다면 괜찮을지도 몰랐다.

하지면 리엘로트 자신이 괜찮지 않았다.

현재 무대 옆쪽으로 나와 팔짱을 낀 채 비열한 미소를

지어 보이는 아르킨을 보자니 그대로 두고 볼 수만은 없었던 것이다.

리엘로트는 알고 있었다.

아르킨은 자신이 목적임에도 불구하고 일부러 테리언을 희생양으로 삼아 이런 짓을 벌이는 지를.

하지만 이대로 테리언을 퇴장시키고 싶진 않았다.

문득 무도회장 쪽을 바라보던 리엘로트의 시선에 불안에 가득 찬 로리에의 표정이 보였기 때문이다.

"이대로 지셔도 좋은 거예요? 지금 저 사람들이 테리언 님을 향해 비난하고 있다고요?"

"그렇다고 내가 마법이나 쓸 수나 있어야 말이지. 잘하는 것도 그다지 없고……."

리엘로트는 속상해 죽겠다는 표정을 지었다.

그러다 돌연 그녀의 뇌리에 무언가 스쳤다.

"아! 있잖아요!"

"응? 뭐가? 가슴 만지는 거라면……."

우우웅—

그 순간 테리언 근처에 놓여 있던 확성 마법이 걸린 지 팡이의 감도가 높아지더니 테리언의 발언이 적나라하게 들렸다.

"뭐? 뭐를 만져?"

"지금 저분이 가슴 만지는 어쩌고 하지 않았나요?"

무도회장이 술렁이자 리엘로트가 얼굴이 새빨개지며 황급히 테리언의 입을 틀어막았다.

"아뇨! 그거 말구요!"

"읍읍, 읍읍 읍읍 읍읍읍읍."

손에 틀어 막혀 말은 제대로 나오지 않았지만 표정과 말마디로 예상하기를 '아마 한 번 해 본 소리였다' 는 듯 싶었다.

리엘로느는 한숨을 쉬며 틀어막았던 손을 풀더니 새침해진 눈빛으로 쳐다보았다.

"지금 이런 상황에서 장난칠 때에요? 비록 잘한다는 개념은 아니지만 신비한 힘을 가지고 계시잖아요?"

"신비한 힘이라면…… 아?"

테리언이 뭔가 깨달은 표정을 지어 보이자 리엘로트가 씨익 웃어 보였다. 그 후 근처에 있던 확성 마법이 걸린 지팡이를 집어 들더니 무도회장을 바라보며 말했다.

"여러분들, 분위기를 잠시 누그러뜨려서 사죄의 말씀을 드리겠습니다. 물론 아까 테리언 님이 말씀하셨던 건 그냥 장난이었습니다. 그리고 지금부터 테리언 님이 보여주실 모습은 다름 아닌 그 어떠한 마법이든 무효화시키는 모습입니다!"

그렇다, 테리언이 가진 신비한 힘.

아직 '이러저러한 힘이다' 라고 일컫기엔 테리언의 힘이 조금 복합적인 성향이 있었지만, 기본적으로 대중적으로 잘 알려진 힘은 '마법이 통하지 않는' 힘이었다.

과거 리엘로트가 테리언과 처음 마주했을 때에도 선도부실에서 빠져나가려는 것을 속박의 밧줄로 옭아매려다가 마법이 파괴된 적이 있었다.

그걸 잘 응용하면 충분히 관객들에게 멋진 모습을 보여 줄 수 있으리라고 리엘로트는 생각한 것이다.

그리고 리엘로트가 분위기를 다시 한 번 띄우자 테리언을 향해 쏟아지던 비난이 잦아들기 시작했다. 그리고 어느 샌가 호기심과 기대감 어린 웅성거림으로 변화해 가고 있었다.

"테리언 님. 호흡 잘 맞춰 주실 수 있겠죠?"

"그냥 막기만 하면 되는 거지?"

"네, 그래도 혹시 모르니 그렇게 위험한 마법은 안 사용할 테니 너무 염려하실 필요는……."

"아냐, 해."

"네?"

돌연 테리언의 표정이 진지해지자 리엘로트가 흠칫 놀랐다.

"화려한 마법을 쓸수록 이길 확률이 높아지는 거잖아? 그러면 가능한 데까지 최선을 다해야지. 안 그래?"

"하지만 그러면 테리언 님이 위험하실 수도……."

"괜찮아. 난 멸망의 운석 마법까지도 거뜬히 막아 낸 사람이니까."

"그래도……."

"사람들 기다리잖아? 자, 얼른 시작하자고!"

상당히 의외였다.

방금 전까지만 해도 순순히 포기하려고 했던 사람과는 다른 모습이었으니까.

오죽하면 테리언이 순순히 패배를 시인하는 모습을 보았을 땐 화가 나기까지 했던 리엘로트였다. 애초에 그녀의 성격이 '철혈' 답게 그 어떠한 상황에서도 포기하지 않고 꿋꿋이 나아가는 것이었으니까.

그런 리엘로트에게 테리언은 뭐랄까…….

상당히 신선하면서도 유쾌한 성격을 가진 사람이라고 느껴졌다.

"아, 근데 이거 해도 되려는지 모르겠네."

"네?"

준비를 위해 막 서로 거리를 벌리려던 참에 갑자기 테리언이 곤란하다는 듯 머리를 긁적였다.

그동안 앞뒤 생각 없이 지내다 보니 뒤늦게야 맨 처음 로턴이 주의해 주었던 말을 떠올렸던 것이다.

자신의 능력을 감추라는 것.

그러나 고민하던 것도 일순간일 뿐이었다.

끝내 테리언은 고개를 저으며 호쾌하게 대답했다.

"아무것도 아냐. 난 언제든지 준비되었으니까 실컷 마법 공격을 해 달라고. 이왕이면 화려하고 강한 걸로!"

하지만 이미 멸망의 운석 사건 당시 많은 이들에게 보였다고 생각했기에 깊게 고민하지 않는 테리언이었다.

그렇게 서로가 거리를 벌리자 관중들 사이에서 '오오' 하면서 기대감 어린 목소리가 들려왔다.

테리언은 그냥 제자리에서 막아 내기만 하면 될 일이었기에 리엘로트만이 부산스러운 움직임을 보였다.

'후우. 일단 조금 약하게 가 보자.'

츠즈즛!

그 순간 리엘로트 주변에 스파크가 일었다.

마법진을 전개한 리엘로트가 가장 먼저 선보인 것은 다름 아닌 전격 마법!

그러나 평소의 위력보다는 조금 낮춰 새끼손가락만 한 굵기의 전격을 생성시켜 냈다.

잠시 리엘로트의 주변을 중심으로 잠시간 스파크가 튀는가 싶더니 어느 순간에 쏜살같이 테리언을 향해 쏘아져 나갔다.

치지지직—!

미처 테리언이 방어 자세를 취할 틈도 없을 정도였지만, 놀랍게도 전격은 테리언의 근처에 닿는 순간 알 수 없는 힘에 의해 소멸되었다.

너무나 한순간에 일어난 일이었기에 학생들은 놀라움을 감추지 못했다.

"오오. 방금 뭐였어? 전격 마법인 것 같긴 했는데?"

"게다가 분명 테리언이라는 애한테 직격으로 맞았는데 멀쩡해!"

"저 전격 마법을 막아 낸 건 무슨 마법입니까?"

"마법이라기엔 아무런 기운도 안 느껴졌는걸요?"

모두가 호기심 어린 눈빛으로 테리언을 주시하는 사이 리엘로트는 그 흐름을 놓치지 않기 위해 또 하나의 마법을 준비했다.

사실 이번 경우는 혹시나 이변이 일어나 그대로 전격 마법이 테리언에게 직격당하는 건 아닐까 염려스러워 약하게 날린 것이었다.

그런데 통하기는커녕 아무렇지도 않은 모습을 보니 다소 안심을 놓을 수 있던 것.

'그런데 테리언 님은 참 신기하시네. 어떻게 아무런 방비도 없는데도 마법이 안 통하시는 거지?'

그런 호기심을 품으며 리엘로트는 준비했던 두 번째 마법을 시전했다.

이번에는 전격 때와는 다른 불꽃 마법이었다.

전격은 공격 시전이 한순간에 끝나 버리는 마법이었기

에 화려한 연출과는 거리가 멀다. 물론 오래 지속시켜 형체를 유지시킨다면 멋지겠지만, 이미 전에 선보였기에 다른 마법을 선보이기로 생각한 것이다.

화르르륵.

리엘로트 주변에 붉은 불꽃이 넘실거리며 잠시 그녀의 주변을 배회했다.

사실 이것이 실제 전투라면 불꽃을 생성해 내기 무섭게 바로 쏘아 내야겠지만 이건 어디까지나 연출이 중요한 무대였으니까.

'그럼 어느 정도 기교를 부려 볼까?'

리엘로트는 테리언을 향해 한 손을 쫙하고 펼쳐 보였다.

보통 마법을 시전할 때 주문을 외우기 위해 입을 읊조리긴 하지만, 그 외의 별다른 행동은 하지 않는다.

그러나 예외적으로 형체를 띤 마법을 시전자가 직접 조종할 때에는 특수한 동작이 필요했다.

그리고 지금처럼 리엘로트가 손을 뻗는 동작은 일종의 마법 조종을 위한 자세인 셈이었다.

리엘로트가 한 손을 뻗자 그녀의 주변을 배회하던 넘실거리는 불꽃들이 여러 갈래의 불기둥으로 변화하며 동시다발적으로 쏘아져 나갔다. 그러나 단순히 쏘아져 나가는 것에 끝나는 것이 아니었다.

각기 불기둥이 하나가 되는 것이 아닌 트위스트를 꼬는 것처럼 배배 꼬며 쏘아져 나가는 것이었다.

그 연출에 무도회장 내에는 흥분의 도가니로 들썩였다.

물론 확실히 연출 면에선 멋있다고 볼 수 있었지만, 실속이 있냐고 묻는다면 오히려 그 반대였다.

그냥 일직선으로 쭉 뻗어 나가는 마법이 강하겠는가? 아니면 나선형으로 빙글빙글 돌면서 뻗어 나가는 마법이 강하겠는가?

제자리에서 회전하는 경우라면 그 비틀림 때문에 더 강하겠지만 리엘로트의 불꽃 공격의 경우는 거의 지름 30 ㎝나 될 정도로 빙글빙글 도는 식이니까 말이다.

그렇게 위력은 강하지 않지만 연출만큼은 화려한 불꽃의 향연이 펼쳐지며 테리언을 향해 쏘아져 나갔다.

아까는 아차 할 틈에 날아든 공격이었기에 그저 멍하니 있던 테리언이었지만 이번 불꽃 공격은 확실히 그의 눈에도 들어왔다.

"하압!"

슈아아아—

테리언이 기합을 내지르며 자신 앞에 다가온 불꽃에 주먹을 휘두르자 기세등등하던 불꽃이 순식간에 사방으로 흩날리며 무산되었다.

이번엔 누구나 육안으로 보였기에 또 한 번의 감탄사가

터져 나왔다.

그 외에도 리엘로트의 마법 공격은 계속되었다.

점점 화려해졌고, 또한 점점 거칠어졌다.

솔직히 처음에는 다치지는 않을까 염려스러워 행여나 직격 당한다 하더라도 치명상은 면할 정도의 약한 공격을 했다. 그러나 그 어떠한 공격에도 끄떡없는 테리언을 보니 약간 안도감을 느끼면서 동시에 오기가 든 것이다.

그래서 마나가 바닥나기 일보 직전의 순간에는 맞으면 치명상을 입을지도 모르는 마법까지 시전하기도 했다.

그러나 여지없이 테리언이 주먹을 휘두르자 제대로 위력을 발휘하기도 전에 사방으로 흩날려 버렸다.

결국 마나가 다 떨어진 리엘로트가 양손을 무릎에 짚은 채 헐떡인 끝에서야 관중들은 비로소 침묵을 깰 수 있었다.

초반에는 이질적인 힘으로 마법을 무산시키는 것을 보고선 다소 의견이 분분했는데 중반쯤에 다다르자 리엘로트가 쉼 없이 마법을 연발한 것이다. 그러니 대화를 할 틈도 없었고 그저 숨죽인 채 정신없이 무대를 바라볼 뿐이었다.

무엇보다 마법을 그렇게 무차별적으로 시전하는 리엘로트도 대단했지만, 그걸 아무런 생채기 하나 없이 막아 내는 테리언의 모습도 한몫 거들지 않을 수 없었다.

당연히 그 모습은 아르킨도 보았고, 그 또한 놀랍다는 기색을 감추지 못했다.

처음에는 리엘로트에게서 봐주는 듯한 기색이 보였기에 그다지 달갑게 보이지 않았다. 그런데 시간이 좀 지나는가 싶더니 그녀 특유의 오기가 느껴지더니 절정 부분엔 자신이 봐도 아찔할 정도로 마법을 시전해 대는 것이었다.

짝, 짝짝, 짝짝짝짝—

마침내 무대가 끝났음을 깨달았는지 한 사람이 박수를 치자 이내 곧 무도회장 내에 있는 모두가 열렬한 박수를 보내 왔다. 만약 연극장처럼 의자에 앉아서 보는 것이었다면 기립 박수를 했을 정도로 열렬한 환호가 아닐 수 없었다.

아르킨도 그 모습에 진심으로 감탄했다는 듯 입가에 미소를 걸친 채 박수를 쳐 주었다. 하지만 그 미소는 결코 패배를 시인한 미소 따위가 아니었다.

마치 '제법 잘해 주었다만 널 결국 나의 적수가 되지 못한다' 라는 느낌이 물씬 풍기는 어조의 미소였다고 해야 할까.

그리고 아나나 다를까, 아르킨은 박수가 잦아들고 나자 다시 한 번 무대의 중앙에 놓여 있던 확성 마법이 걸린 지팡이를 집어 들었다.

"무대는 즐거우셨습니까? 모습들을 보아하니 즐거우신

듯하군요. 그럼 이제 남은 것은 투표의 시간입니다. 기존의 투표 방식과는 달리 이번은 저와 테리언이 보여 준 무대 중에 가장 마음에 든 사람에게로 다가오시면 됩니다. 이 무대 위로요."

아르킨과 테리언이 무대의 중앙을 기준으로 양옆으로 나란히 섰다. 기존의 투표 방식과는 달리 지금은 직접 무대 위로 올라와야 하다 보니 여유 공간을 갖추기 위함이었다.

웅성웅성.

그러나 학생들은 바로 결정을 내리지 못하고 잠시 서로 뭔가 의견을 나누는 듯 웅성거리기 시작했다. 아무래도 그냥 익명으로 투표하는 것과 직접 자신의 얼굴을 내보이며 투표하는 건 큰 차이가 있었으니까 말이다.

"이 결과, 어쩌면 이미 처음부터 승패가 결정되었던 걸지도 모르겠어."

한편 그 모습을 초조하게 바라보던 네이젠이 나직이 읊조렸다. 그러자 옆에 서 있던 로리에가 당황하며 물었다.

"어, 어째서요?"

비록 아르킨이 보여 준 무대도 더할 나위 없이 멋졌지만, 테리언이 보여 준 무대는 그 이상을 능가하는 압도적인 화려함을 선사했다.

그러니 적어도 승패를 장담할 수 없다는 말이 나와야겠

지 않겠는가?

로리에는 그렇게 생각한 것이었다.

그러나 네이젠의 생각은 달랐다.

냉정하고 객관적인 눈빛을 띤 채로.

"분명 테리언이 보여 준 무대는 멋졌어. 무대의 질로만 따지면 테리언이 압도했다고 볼 수 있지. 아마 익명 투표였다면 나도 승부를 장담할 수 없었을 것이라 생각해."

하지만 아르킨의 진정한 승부수는 바로 공개 투표라는 점이었다.

투표는 즉 해당 사람을 지지한다는 뜻인데 만약 한쪽을 지지했는데 투표가 적고 다른 쪽은 투표가 많으면 적은 쪽을 투표한 사람의 처지는 어떻게 되겠는가. 하물며 그것이 공개 투표라면?

게다가 이곳은 평민만 있는 것이 아닌 귀족의 자제들도 있었다. 아니 오히려 더 많은 인원을 자랑하고 있다.

무엇보다 명예와 자존심을 중요시 여기는 귀족들이 아닌가?

그런 그들이 과연 공개 투표를 한다면 누구에게 투표를 하려 들까?

저벅저벅!

그 순간, 무도회장에 있던 열 명 남짓한 여학생들이 종종걸음으로 무대 위로 올라와 아르킨의 뒤에 몰렸다.

'바람잡이군. 틀림없어.'

보통 이런 경우는 눈치 싸움이 벌어지기 마련이다. 그런데 저들은 거의 한 치의 망설임도 없이 무대에 올라서 아르킨의 곁에 섰다.

그렇다는 것은 즉 저들은 전부터 아르킨을 추종하는 여학생임이 확실함을 나타내는 것이었다.

단지 네이젠이 그녀들을 바람잡이라고 생각한 건 어디까지나 추측일 따름이었고, 실제로 아르킨이 그렇게 시켰는지 여부는 모른다. 하지만 단 하나 확실한 것은 방금 아르킨의 추종자들은 확실한 바람잡이가 되어 주었다는 것이었다.

처음이 힘들다는 말도 있지 않은가.

먼저 나서는 이들의 움직임을 보니 다른 여성들도 슬그머니 움직이더니 무대 위로 올라섰다. 그리고 그 방향은 테리언이 서 있는 오른쪽 무대가 아닌 아르킨이 서 있는 왼쪽 무대였다.

그렇게 열 명, 스무 명, 서른 명…….

이내 무대가 꽉 차 더 이상 올라올 수 없을 정도였다.

그리고 여학생들이 줄지어 서 있는 장소는 다름 아닌 아르킨이었다.

이미 승패는 확정이 난 상태였다.

물론 아직 무도회장 내에는 많은 여학생들이 남았지만

그중에서도 3분의 1 이상이 아르킨에게 가려고 하다가 무대가 꽉 차서 가지 못한 경우였다.

그 누구도, 그 아무도.

테리언에게는 가려고 하지 않았다.

'테리언 님……'

무대 오른편에 홀로 덩그러니 남겨진 테리언을 보며 리엘로트는 말로는 형용할 수 없는 참담함을 느꼈다.

착잡함, 슬픔, 괴로움, 절망, 한탄, 분노.

그 모든 것이 한데 어우러진 감정이 리엘로트의 마음을 헤집었다.

이제 슬슬 승패가 결정 났다는 말을 내려도 될 텐데, 아르킨은 지팡이를 쥐고 있었음에도 불구하고 느긋이 상황을 지켜보았다. 마치 관람을 하듯이.

무대를 진행시켜야 하는 사회자로서는 속이 탈 노릇이었지만 그렇다고 아르킨에게 보챌 수도 없었다.

사실 아까 전에 잠깐 그런 신호를 보냈었는데 아르킨과 마주친 시선에서 소름 끼치는 살기를 느꼈던 것이다.

결국 보다 못한 리엘로트가 항의하듯 소리쳤다.

"이제 그만되지 않았나요! 슬슬 마무리 지으시죠?"

"벌써 포기하시는 겁니까? 아직 무도회장 내에는 많은 여성분들이 남아 있지 않습니까? 물론 제 곁에 많은 여성분들이 투표를 해 주셨지만, 아직 확정이라고 보기엔 이르다고 봅니다만?"

"그, 그런⋯⋯!"

'이미 누가 봐도 명백한 당신의 승리지 않느냐!' 라고
소리치고 싶은 리엘로트였지만 차마 그럴 수가 없었다.
비록 테리언과 아르킨의 경쟁이었지만 그를 도운 것도 리
엘로트다.

괜히 그녀가 철혈이라는 별명이 붙었겠는가?

결코 아르킨에게만은 자기 입으로 패배를 시인할 수는
없었던 것이다.

아르킨은 능글맞은 미소를 지어 보이며 리엘로트에게서
무도회장 쪽으로 고개를 돌리며 말했다.

"숙녀 여러분들. 부끄러워하지 마시고 진솔하게 투표를
부탁드립니다. 그냥 편하게 투표하는 마음으로 올라와 주
시면 되니까요. 이 중에 테리언을 투표해 주실 분은 없으
신 건가요?"

이미 승패가 결정 난 것이나 다름없는 상황.

아르킨은 그것을 알면서도 능글맞게 더 나올 사람이 없
냐고 보채었다. 마치 선심 쓰듯이 사람 좋은 미소를 지어
보이며.

그 모습에 리엘로트는 피가 나도록 입술을 씹었다.

패배할 것이라고는 처음부터 예상했다. 하지만 그렇게
열심히 노력했는데도 투표 하나 없이 홀로 서 있는 테리

언의 모습을 보니 감정이 격해지지 않을 수 없었다.

그런데 바로 그때였다.

"저요!"

돌연 무도회장에서 누군가가 손을 번쩍 들며 소리쳤다.

그 모습에 무도회장 내에 있는 모두의 시선이 손을 든 쪽으로 향했다.

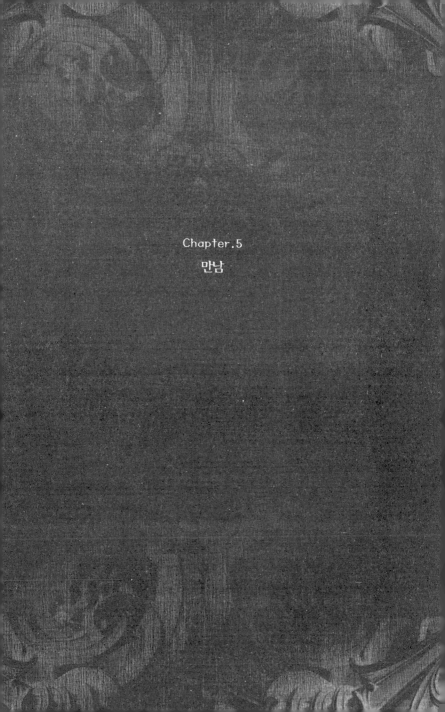

Chapter.5

만남

손을 든 여학생의 정체에 리엘로트는 놀라지 않을 수
없었다.

"클레첼 양?"

클레첼은 주변의 시선에도 불구하고 거리낌 없이 성큼
성큼 무대 위로 걸어 나오더니 테리언의 곁에 섰다.

그리고는 아르킨을 바라보며 물었다.

"투표하는 데 있어서 안전 요원도 포함은 되겠죠?"

"예, 뭐 그렇습니다만……."

전부터 지금까지 투표하는 데 있어서 안전 요원이 투표
하지 말란 법은 없었다.

잠깐 당황했던 아르킨이었지만 여전히 그의 눈에는 꼴

사나워 보이는 모습에 지나지 않을 뿐이었다.

지렁이도 밟으면 꿈틀한다는 말이 있지만 결국 그래 봤자 지렁이가 아닌가?

밟고, 밟고, 또 밟으면 언젠간 그 꿈틀거림도 멈추는 날이 온다.

그런데 그것이 끝이 아니었다.

"저도 있습니다."

클레첼의 경우는 아직 많은 이들에게 초면인 면도 많아 '쟤 뭐하는 여자지?'라는 시선이 오갈 뿐이었지만 이번에는 달랐다.

"헐, 저분 로리에 님 아니야?"

"어째서 로리에 님까지?"

"아! 그러고 보니 들리는 소문에 의하면 로리에 님이 유일하게 친근하게 구시는 한 남자가 있다고 들었는데, 설마 그 사람이 저 테리언이라는 남학생이었을 줄이야……."

놀람과 당황의 웅성거림 속에서 로리에 역시 도도하게 걸어 나와 테리언의 옆에 섰다.

그뿐만이 아니었다.

잠시 아등바등 거리며 어쩔 줄을 몰라 하던 네리도 어느 순간에 갑자기 침착한 표정으로 돌변하더니 테리언의 무대 쪽으로 올라섰다.

네리의 경우는 학생들 사이에서 기피 대상이라 불렸기

에 로리에와는 조금 다른 반응이었지만 그래도 의외의 인물이 손을 들어 줬다는 점에선 역시 놀랍다는 반응이었다.

테리언을 도와준 리엘로트 역시 잠시 그 모습을 짠하게 지켜보는가 싶더니 마침내 그녀 역시 테리언의 곁에 다가갔다.

솔직히 리엘로트도 테리언에게 표를 던져 줄 것이라고는 예상하는 바였다.

하지만 지금과 같은 모습과는 달랐다.

아무도 표를 들어 주지 않는 그런 상황에서, 자기 혼자라도 표를 들어 주며 그녀의 자존심을 있는 대로 깎아내리는 그런 모습을 연출하고 싶었다.

아르킨은 단번에 똥 씹은 표정이 될 뻔했으나 보는 눈이 많았기에 애써 침착함을 유지했다.

'후우. 확실히 이건 내 실책이다. 리엘로트를 골려 주겠다는 생각에 미처 테리언이 동료가 있다는 생각은 해 보지 못했어. 하지만, 그런다고 과연 달라지기나 할까?'

확실히 극적인 모습이 연출되어 본래의 의도와는 다소 틀어지긴 했다. 하지만 여전히 테리언들은 처량하기 그지없어 보일 따름이었다.

'본래의 의도와는 많이 틀어졌지만……. 그래도 애피타이저는 이걸로 됐어. 어차피 본 무대는 1시간 후에 벌어질 연극에서 보여 줄 테니까.'

흥이 식어 버린 아르킨은 슬슬 뜸 들이는 것을 끝내기로 했다. 어차피 더 기다려 봤자 테리언에겐 더 이상 손 들어 줄 사람이 없을 테니…….

끼이익!

바로 그때였다.

무대 분위기 때문에 잠시 조용해졌던 무도회장의 후문 쪽에서 요란한 문소리가 들려왔다. 반사적으로 고개를 쏠린 이들은 후문에서 등장한 이들을 보고 잠시 의아한 표정을 지었다.

그중 가장 먼저 반응을 보인 것은 네이젠이었다.

"너 설마…… 제네시드?"

아까 전 제네시드가 갑자기 무도회장을 빠져나가던 모습을 보았기는 했었다. 화장실이라도 가나 싶었는데 갑자기 사람이 이렇게 변할 수가 있다니?

그 어느새에 드레스를 구해서 입었는지는 둘째 치고 제네시드의 전체적인 외형이 전의 제네시드와는 이질감이 느껴질 정도로 달라졌기 때문이다.

전에는 주기가 되어 변한다 하더라도 아주 봉긋이 솟아오르던 정도였던 제네시드의 가슴이 확연하게 굴곡이 생길 정도로 커졌다. 더불어 허리는 잘록해졌으며 체형마저 전체적으로 줄어든 것이다.

솔직히 여기까진 착각이라고 여길 만도 했다.

애초에 프로티나 아카데미의 교복은 노출을 최대한 최
소화시키는 디자인이다 보니 겉으로만 봐선 몸매 확인을
해 보기 힘들었으니까.

그러나 네이젠이 제네시드가 바뀌었다고 확신했던 것은
다름 아닌 그녀의 머리카락 길이 때문이었다.

그래 봤자 고작 어깨 가까스레 내려올까 말까 한 단발
의 제네시드가 겨드랑이 부분까지 내려올 정도로 긴 머리
카락이 된 것이다.

아까 전 같이 안전 요원 역으로 있었을 때의 머리카락
길이와는 확연히 다른 길이!

"에, 저 그게 그러니까……."

게다가 목소리마저 맑고 고운 소녀의 톤으로 변한 제네
시드. 그런 그녀는 갑자기 쏠린 시선에 당황해하고 있었
다.

팔카드 교수에 의해 얼떨결에 밀려 들어오긴 했는데,
난데없이 시선이 쏠리니 당황하지 않을 수 없었던 것.

그런데 거기서 끝이 아니었다.

"잠깐, 저기 금발머리 여자애 뒤에……!"

"응? 뭐가 있다는 거…… 헉!"

또 하나의 존재가 있었다.

제네시드에 의해 반쯤 가려져 있었지만 미칠 듯한 존재
감을 내뿜고 있는 한 소녀가!

"고, 공주님!"

그 정체는 다름 아닌 레이시라.

잠시 주변을 두리번거리던 레이시라가 무도회장 쪽으로 나아가자 제네시드 역시 얼떨결에 뒤따라가기 시작했다.

그렇게 마침내 레이시라의 모습이 무도회장 내에 있는 모든 이들에게 모습이 비추어지자 분위기는 더욱 고조되었다.

안 그래도 아르킨과 테리언간의 프린스 무도회 대결 투표로 인해 긴장감이 맴돌던 중이었는데 한 나라의 공주가 등장하니 끝내 절정에 이르고 만 것이다.

"야, 어떻게 된 거야! 공주님이 등장하신다는 소리는 전해 듣지 못했다고!"

"그건 나도 마찬가지라고! 잠깐만, 이사장님이랑 연락을…… 어라, 연락이 안 되는데?"

가장 혼란의 도가니에 빠진 사람은 다름 아닌 무도회 진행부 쪽이었다.

안 그래도 아르킨의 막무가내식 행동에 긴장이 바짝 어려 있는 상태였는데 레이시라까지 등장하니 완전히 아연실색이 된 표정들이었다.

그렇게 무도회장의 중심으로 들어선 레이시라는 잠시 주변을 두리번거렸다.

졸지에 따라온 제네시드도 주변에서 쏟아지는 시선에

몸 둘 바를 모르며 안절부절 못해하던 도중이었다.

"그런데 저 여자애들은 누구지?"

"몰라. 한 분은 레이시라 공주님 같으신데 다른 한 사람은 나도 처음 보는데⋯⋯."

"혹시 레이시라 님의 친구 분 아니야? 서로 외모 생긴 것부터가 다들 예쁘시잖아."

일순간 조용했던 무도회장이 그제야 상황 파악을 하고서는 서서히 술렁이기 시작했다.

무엇보다 무도회장 내의 대다수의 남자들의 시선을 사로잡게 만든 대상은 다름 아닌 레이시라였다.

그녀는 하르카 대륙에서도 손꼽히는 미녀이며 그 모습을 자주 드러내지 않아 상당히 신비주의로 이미지가 알려진 상태였다. 그러다 보니 남자들의 시선을 잡아끌지 않을 수가 없었다.

한층 달라진 제네시드도 그에 뒤지지 않았다.

비로소 완벽한 여성스러움을 뽐내고 있는 그녀는 청순가련하면서도 절로 사랑스러움이 느껴지는 분위기를 연출하고 있었다.

이른바 레이시라와 제네시드는 서로 상극인 듯하면서도 그 또한 하나의 매력적인 조합이 아닐 수 없었다.

도도한 느낌의 레이시라와 상큼한 느낌의 제네시드.

서로 나란히 서 있는 것만으로도 남학생들의 시선을 잡

아끌기 충분했다.

"아앗. 고, 공주님?"

그런데 한참을 머뭇거리던 레이시라가 돌연 어딘가에 시선이 고정되더니 바삐 어디론가 향하기 시작했다. 혼자 남아 있기도 뭐했던 제네시드 역시 뒤따라가는데 그 방향을 보니 다름 아닌 무대 위쪽이었다.

'테리언?'

한창 정신이 없던 찰나였는지라 그제야 무대 위의 상황을 파악한 제네시드는 식은땀을 흘렸다.

전략 전술 쪽으로 능했던 그녀는 이런 상황 속에서도 모습만 보아도 대략 어떠한 분위기가 흘러가고 있었을지 유추가 가능했기 때문이다.

게다가 지금 보이는 그녀의 시선에는 여학생으로 무대가 가득 메워져 있는 아르킨에 비해 썰렁하기 그지없는 테리언의 무대가 보였다.

투표 방식이 어떻게 진행되는지까지는 들었기에 아마 상당히 좋지 않은 분위기였음은 확실했다.

'이거 꽤 안 좋은 타이밍에 들어온 건가…….'

하지만 이미 대다수의 학생들은 갑작스러운 레이시라와 제네시드의 등장으로 인해 이미 그런 것은 안중에도 없던 상황이었다.

"공주님?"

가장 놀란 표정을 지은 대상은 무엇보다 테리언이었다.

자기 나름대로의 치밀한 계획을 세우고 목숨까지 걸며 가슴을 만졌던 대상이었기 때문이었을까. 반가움도 반가움이었지만 이런 뜬금없는 상황에서 만나니 놀랍기도 그지없었다.

"……."

레이시라는 아무런 대답도 없이 천천히 테리언을 향해 다가오기 시작했다. 주변에 있던 이들도 레이시라의 등장에 어안이 벙벙한 표정으로 미처 예를 취하지도 못한 채 어물쩍 떨어져야 했다.

"공…… 주님?"

레이시라가 아무런 반응도 없이 그저 다가오기만 하자 테리언이 약간 무안한 표정으로 흠칫 물러섰다.

그렇게 테리언의 바로 코앞까지 도달했었을까.

그런데 갑자기 레이시라의 표정이 굳어졌다.

"오라버니가…… 아니야……."

"네, 네?"

"이 기운은…… 전혀……."

"지금 무슨 말씀을 하시는……."

테리언이 왜 그러냐는 듯 의아한 표정이 되자 돌연 레이시라의 표정이 싸늘해졌다.

"너…… 누구야?"

*　　　*　　　*

　잠시 난장판이 되었던 무도회장이었지만 진행 팀의 수습으로 인해 다시 원래의 분위기를 되찾을 수 있었다.

　그렇게 다시 잔잔한 음악이 흐르기 시작했고, 무도회장은 다시금 축제 같은 분위기를 갖추었지만 무대의 뒤쪽은 그러지 못했다.

　결과적으로 아르킨과 테리언의 승부에서는 당연하게도 아르킨의 압도적인 승리였다.

　그러나 레이시라와 제네시드가 테리언의 무대로 올라선 것은 무도회장 내 학생들에게 큰 충격을 안겨 주었다.

　비록 그들에게는 초면이었지만 대륙에서 버금가는 미녀라는 레이시라와 그에 못지않은 미모를 가진 정체불명의 인물인 제네시드가 테리언의 표를 들어 주었기 때문이다.

　무엇보다 일국의 공주인 레이시라가 표를 들어 주었다는 것이 가장 큰 의미를 부여했기도 했다.

　사실은 의도로 표를 주었다기엔 어쩌다 보니 주게 된 것이었지만 말이다.

　여하튼 수적으로는 아르킨이 이겼지만 질적으로는 테리언이 이겼다는 말이 나돌게 되었다.

　아르킨이 상당히 배알이 꼴렸을 터.

그러나 지금 테리언 일행은 그런 생각을 할 여유도 없었다.

"어떻게 된 거야? 공주님이 왜 여기 계셔?"

"나도 잘 모르겠어……."

"그리고 갑자기 왜 저렇게 화가 나신 거고?"

"아니, 글쎄 나도 모르는 일이라니깐!"

연극부원들이 서로 눈치를 보며 부산스럽게 떠들고 있었다.

그리고 그런 그들의 앞에는 의자에 앉아 있는 레이시라가 있었는데 처음 보았을 때의 인상과는 확연이 달라진 상태였다.

무도회장에 등장할 때까지만 해도 공허하면서도 신비로운 느낌이었다면, 지금은 명백히 싸늘하고 날카로운 느낌이 강했다.

그런데 문제는 그 대상이 테리언을 향해 있다는 것이었다.

아까도 무슨 소리인지 모를 말을 중얼거리면서 테리언에게 달려들었다.

그나마 지금은 테리언 일행과 연극부원이 한참을 말린 끝에야 진정할 수 있었지만 말이다.

그러나 여전히 살기등등한 눈빛으로 테리언을 노려보는 레이시라.

그런 모습을 보던 클레첼이 의아하면서도 걱정 어린 표정으로 테리언을 바라보며 물었다.

"테리언, 혹시 너 뭐 이상한 짓이라도 했어?"

"이상한 짓이라면……."

솔직히 짐작 가는 부분이 없는 것은 아니었다.

과거 로렌스카 마을에서 레이시라의 가슴을 만졌던 사건.

테리언은 혹시 그날 때문에 그런 것이 아닌가 생각하고 있었다.

하지만 다시금 곱씹어 보면 그때 분명 레이시라는 자신의 부탁에 고개를 끄덕였었다. 그리고 그 모습은 옆에 있던 다수의 왕녀기사단과 카르반 역시 본 바가 있었다.

그런데 이제 와서 가슴을 만진 것에 대한 앙금을 품었다?

무언가 이상했다.

그렇다고 혼자서 머리를 끙끙 싸매는 건 테리언다운 성격이 아니었다.

"테리언!"

"괜찮아. 무슨 일인지는 모르겠지만 왜 화가 나셨는지 물어보고 용서를 빌면 되는 거잖아?"

테리언이 레이시라에게 다가가려 하자 주변인들이 말렸지만, 테리언은 괜찮다며 손사래를 쳤다.

레이시라의 분노를 고정시키기 위해 근처에 있던 연극 부원은 테리언이 다가오자 눈치를 보며 슬쩍 피해 주었다.

"저기……."

테리언과 마주친 순간부터 내내 테리언을 노려보던 레이시라는 테리언이 가까이 다가서자 그 눈빛이 더욱 강렬해졌다.

"무슨 일이신진 모르겠지만 어째서 화가 나셨는지 말씀해 주신다면 제가 다음부터는……."

"오라버니를 내놔!"

그때 갑자기 레이시라가 자리에서 벌떡 일어나며 소리쳤다.

또 흥분하는 건가 싶어 연극부원이 다가가려는데 돌연 레이시라의 표정이 급변하는 것이 아닌가?

아까 전까지만 해도 살벌한 기세로 노려보던 레이시라의 눈빛이 이번엔 애절함이 가득 묻어 나오기 시작했다.

테리언이 어쩔 줄 몰라 그냥 제자리에 가만히 서 있는데 그런 레이시라가 두 손으로 테리언의 얼굴을 감싸 쥘듯 뻗으며 떨리는 목소리로 말했다.

"오라버니……. 어디에 있는 거예요?"

대체 누구에게 하는 말일까.

테리언에게 오라버니라고 하질 않나 본인이 코앞에 있는데도 어디 있냐고 묻지를 않나…….

그건 대기실 내에 있는 모든 이들도 알 수 없는 노릇이었다.

그중 몇몇은 레이시라가 정신병에 걸린 건 아닌가 의심할 정도이기도 했다.

그럴 수밖에 없는 게 테리언은 아까 전부터 줄곧 무도회장에 있지 않았던가. 어디 나갈 시간도 없었고, 안 그래도 아르킨의 말썽에 휘말려 곤란함을 겪고 있던 순간이었다.

분명히 레이시라의 등장은 기가 막혔지만, 저렇게 이유도 알려 주지 않고 무작정 달려드니 연극부원들로서는 기가 막힐 노릇이었다.

"그러고 보니 저 테리언이라는 학생, 첫 편입했을 때 소문이 그다지 좋지 않았다고 하지 않았니?"

"응. 나도 언뜻 들은 거 같긴 한데…… 혹시 아카데미 편입하기 전에 뭔가 저질러서 그런 게 아닐까?"

그중 몇몇 여학생들은 의심의 눈초리로 테리언을 바라보며 쑥덕이기도 했다.

그렇게 서로 간의 있는 오해 없는 오해가 쌓여 가고 있을 때였을까.

"대본 수정 작업 다 끝났어요, 여러분들…… 어라?"

집중을 하기 위해 대기실의 분장실에서 대본 작업을 수정하던 이베티가 문을 열며 등장했다. 그러다가 뭔가 분위기가 안 좋은 걸 깨달았는지 말끝을 흐리며 고개를 갸우뚱했다.

이내 이베티가 의아해하며 물었다.

"이거 분위기가 왜 이래요? 혹시 뭔 일 일어났어요?"

"아, 저 그게……."

바깥에서 난리가 나던 통에도 대본 수정에 열을 올리느라 미처 몰랐던 이베티로서는 난감한 상황이었다.

결국 근처에 서 있던 연극부원이 귓속말로 속닥이며 현재 벌어지는 일들을 전해 주고 나서야 이베티가 깜짝 놀라며 두 손으로 입을 가렸다.

그러나 상황을 깨달은 사람치고는 반응이 뭔가 이상했다.

놀랍다기보다는 무언가 반가워하는 표정이었다고 해야 할까.

아나나 다를까, 이베티가 쏜살같이 레이시라에게 다가가더니 초롱초롱한 눈빛을 띠며 말했다.

"꺄아아! 정말 공주님이 맞으시군요! 소문으로만 들었고 실제로 뵙는 경우가 한 번도 없어서 어떻게 생기셨나, 궁금했었는데……. 완전 미인이세요, 공주님!"

"아, 저 이베티? 그러니까 지금 내가 하는 말은 들었던 거야?"

이베티는 동료의 이야기는 듣는 둥 마는 둥 레이시라를

향해 속사포로 수다를 떨기 시작했다.

아까 전까지만 해도 아르킨의 행패 때문에 고뇌에 빠졌던 그녀의 모습은 어디로 갔는지 이베티는 완전히 죽다 살아난 사람처럼 재잘거리고 있었다.

결국 연극부원들은 이베티를 말리기를 포기했다.

사실 방금 전까지만 해도 원고가 끝났다며 힘없는 기색으로 나오던 이베티를 보았던 것이다.

상황 파악을 못하는 건 조금 부담스러웠지만, 그래도 감독인 이베티가 저렇게 활기를 되찾으니 모습은 보기 좋았다고 할까.

"……해서 정말 만나 뵙고 싶었거든요! 아, 그러고 보니 공주님도 여기에 오셨으니 무대에 참여해 보시지 않을래요?"

"……."

테리언을 향해 말할 때는 알 수 없는 의미가 담긴 말을 중얼거리는 레이시라였지만, 그 외의 대상에게는 일체 신경조차 쓰지 않는 그녀였다. 그래서 처음 연극부원들도 존경심 어린 마음으로 다가갔다가 풀이 죽어서 되돌아갔던 경우가 많았다.

그리고 이베티의 역시 매한가지로 아무런 대답도 하지 않는 리엘로트였지만, 이미 이베티는 레이시라와 만났다는 이유만으로 이성을 잃어버린 상태였다.

"참여해 주실 거죠? 아, 아니. 오히려 제가 부탁할게요! 무대에 참여해 주세요! 레이시라 공주님 같은 사람만 무대에 등장한다면 이번 연극, 반드시 성공할 수 있어요! 제가 반드시 최고의 무대를 보여 드릴 테니까요! 대사도 그리 많지 않게 넣을 테니……. 아참! 내 정신 좀 봐! 공주님도 등장시키려면 대본을 또 수정해야 하는데!"

그렇게 한참을 떠들어 대던 이베티는 10분만 시간을 더 달라면서 손에 들고 있던 대본을 들고 분장실로 냅다 들어가 버렸다.

"방금 뭔 일이 일어난 거지……."

"이베티가 하도 떠들어 대서 뭐라고 말했는지 잘 못 들었어. 요약해서 설명해 줄 사람……?"

"뭔가 공주님도 무대 역할로 넣겠다고는 했었지 않아?"

마치 폭풍이 지나가기라도 한 듯 잠시 어안 벙벙한 표정을 짓고 있던 연극부원들 사이에서 잠시 침묵이 흘렀다.

"푸흐. 푸하하하."

그러다가 이내 한 학생이 빵 터지면서 웃음을 흘리자 이내 다른 연극부원들도 덩달아 웃기 시작했다.

무엇보다 테리언과 레이시라의 관계 때문에 상당히 어색해져 있었는데 이런 식으로라도 웃으면서 분위기를 전환시키고 싶었던 것이다.

그리고 그걸 깨달았기에 웃고 있는 그들이었다.

"하하, 아하하, 하하……. 어라? 테리언?"

목소리에 적응이 안 돼 유일하게 소소하게만 웃고 있던 제네시드는 문득 주변을 둘러보니 테리언이 사라졌다는 것을 깨달았다. 혹시나 싶어 레이시라를 바라보니 그녀는 대기실의 출구 쪽을 멍하니 바라보고 있을 따름이었다.

다행히도 현재 레이시라의 눈빛은 처음 제네시드가 보았던 공허한 눈빛으로 변해 있었다.

'그런데 테리언은 갑자기 어딜 간 거지?'

주변을 둘러보던 제네시드는 이윽고 테리언이 바깥으로 빠져나갔음 깨달았다.

혹시 레이시라 때문에 머리라도 식히러 나간 것이 아닐까 하는 생각도 들었지만 그렇다기엔 너무 말없이 사라진 것이 못내 마음에 걸렸다.

'아무래도 따라가 봐야겠어.'

*　　*　　*

"크윽, 으으윽!"

어느새 무도회장에서 나온 테리언은 머리를 부여잡은 채 오만상을 찌푸리고 있었다.

마치 뇌를 파먹는 듯한 심한 두통 증세가 일어나기 시작했던 것이다.

'또야. 그때 로리에랑 만났을 때처럼…….'

그때에도 로리에랑 처음 정면으로 마주했을 때도 갑자기 원인 모를 두통 때문에 기절했었던 적이 있었다.

게다가 그뿐만이 아니었다.

아카데미 스카우트 부실로 숙소를 옮기러 갈 때에도 느닷없이 두통이 와서 정신을 잃고 쓰러지기까지 했지 않았던가.

'설마 또 잃어버린 기억이 떠오르려고 그러는 건가?'

그리고 매번 정신을 잃고 나서 깨어났을 때마다 테리언은 어느 특정한 꿈을 꾸었었다.

어린 시절의 로리에를 구해 주던 꿈, 얼굴만은 기억나지 않은 어느 중년의 남자와 내기를 하던 꿈.

그리고 그 중년의 남자와의 내기에 이기기 위해 어느 소녀와 만났던 꿈.

분명 세 번째 꿈의 마지막에선…….

"대신 약속이야. 그 일이 끝나면 꼭 다시 오기로."

"그래, 돌아오면 약속대로 가슴을 만져 주도록 하지, 레이시라 프로티나."

"레이시라 프로티나."

그것은 꿈에서의 소년이 읊조린 것이 아닌 테리언 자신

이 읊조린 것이었다.

당혹스러웠다.

너무나 자연스럽게, 그리고 너무나 괴리감이 느껴지는 꿈이었다.

놀랍게도 자신은 이미 전부터 레이시라를 알고 있던 것이었다.

그런데 어째서일까, 테리언은 이 꿈이 자신의 기억 같지가 않다고 느꼈다. 너무 동떨어진 기분이라고 해야 할까.

마치 '남의 기억'인 것만 같은 느낌.

"테리언!"

그때 테리언의 뒤에서 낯선 여자의 목소리가 들려왔다.

깜짝 놀라 뒤를 돌아보는데 그 곳에는 아까 무대에서 레이시라와 함께 보았던 금발의 소녀였다.

아직 두통이 가시지 않았는지 테리언은 여전히 이마를 부여잡고 있는 채로 미간을 찌푸리며 말했다.

"저, 저기 실례지만 누구신지……."

그러자 금발의 소녀가 깜짝 놀라더니 갑자기 귀엽게 볼을 부풀리는 것이 아닌가?

"나야, 나라고! 제네시드!"

"헐?"

테리언은 믿을 수 없다는 표정으로 달라진 제네시드를 바라보았다.

아까 전 무대에서는 레이시라 때문에 정신이 없어서 눈치챌 겨를이 없었는데 이제 보니 정말 제네시드인 것이었다.

"그런데 정말 많이 달라졌네?"

테리언은 제네시드의 얼굴을 시작으로부터 다리까지 시선을 쭉 훑어 내리더니 문득 가슴에 시선이 고정되었다.

사실 테리언은 그때 제네시드가 여자가 되기로 마음먹은 날부터 이따금씩 아카데미 스카우트 부실에서 제네시드의 가슴을 만져 주었다. 물론 매번마다 제네시드가 남자의 주기 때였는지라 물컹물컹한 느낌이라기보다는 거의 빨래판을 만지는 듯한 감촉을 느껴야 했다.

그래도 조금이라도 더 여성향 쪽으로 기울려면 남자의 주기 때에도 좀 더 여성다운 느낌을 느껴야 한다는 제네시드의 말 때문에 사실상 도와줬다고 봐야 했다.

실제로 그런 테리언의 도움 덕분에 제네시드가 이렇게 빨리 여성의 주기가 찾아오게 되었던 것이고 말이다.

"아."

그런 테리언의 시선을 눈치챈 걸까.

테리언의 눈빛을 본 제네시드가 흠칫 놀라며 얼굴에 홍조빛을 띠웠다.

"아, 아니 그게 아니고 그냥 정말 제네시드가 맞나 싶어서……."

테리언은 깜짝 놀라 부정하려는데 문득 마음속으로 큰 충격을 받지 않을 수 없었다.

'내가 당황해하고 있어?'

스스로의 변화에 놀라고 만 것이었다.

평소라면 유쾌하게 웃어 넘기든가 했을 텐데 말이다.

지금 테리언이 보인 반응은 통상적으로 일반적인 남자들이 보이는 경우가 아니지 않았던가?

"저기……."

그때 제네시드가 오른손으로 왼쪽 팔꿈치를 잡으며 몸을 배배 꼬았다.

낯설은 변화에 내심 놀랐던 테리언은 제네시드의 말에 또 한 번 흠칫 놀라며 물었다.

"왜, 왜?"

"마…… 만져 봐도 괜찮다고……."

"뭐를?"

"내, 내……. 내, 내내."

서로간의 고조되는 긴장감.

제네시드는 아예 얼굴이 홍당무가 되어 버렸으며 테리언은 갑자기 심장이 쿵쾅거리는 것에 놀라고 있었다.

"어, 어?"

"내 가, 가, 가슴……."

바로 그때였다.

"뭣들 하는 거냐."

"히야앗!"

"헉!"

고개를 돌리니 그곳에는 무도회장 입구 쪽에서 벽에 손을 짚은 채 안경을 고쳐 쓰는 아젤리카가 있었다.

아젤리카는 날카로운 시선으로 그들을 향해 뚜벅뚜벅 다가가더니 둘을 번갈아 보며 미간을 찌푸렸다.

"분명 우리 아카데미 스카우트 부원은 전원 안전 요원 역이었을 텐데? 근데 이게 무슨 소란이지? 제네시드, 너는 왜 갑자기 드레스를 입고 있는 거냐."

"에, 에? 아……. 전 그게 사정이 있다 보니……."

"테리언, 너는 하라는 안전 요원 역은 안하고 왜 무대에 올라가 자빠지고 난리지?"

"그게……."

제네시드와 테리언이 둘 다 뭐라 말해야 할지 몰라 대답하지 못하고 우물쭈물 거리자 아젤리카가 긴 한숨을 내쉬었다.

"얼른 들어가라. 이런 데에서 농땡이 피우지 말고."

"네, 네!"

"으응!"

황급히 대답한 둘은 허겁지겁 무도회장 입구 쪽으로 달려갔다. 그 뒷모습을 잠시 바라보던 아젤리카는 돌연 제네시드가 치맛자락을 밟아 넘어지는 바람에 테리언이 당황해하는 모습이 보였다.

"하아. 정말 속 편해서 좋겠군."

마침내 그들이 무도회장 안으로 들어가는 모습을 본 아젤리카는 벽에 등을 기댄 채 푹 한숨을 쉬었다.

사실 저들이 어떠한 사정에 처했는지는 이미 알고 있는 바였다.

"후훙! 나이스 어시스트!"

"제발 단 둘이 있을 때는 귀여운 척하지 마시지요. 세이나 이사장님."

그때 어디선가 홀연히 나타나는 세이나.

아젤리카에 비하면 그의 배꼽만큼 오는 작은 키를 자랑하는 세이나가 귀여운 콧소리를 내며 등장했다.

순간 이동을 한 것인지 마침 근처를 지나갔는지는 모른다. 그저 어느 순간인가 아젤리카의 앞에 나타난 그녀였다.

한심하다는 표정을 짓고 있던 아젤리카는 세이나가 천진난만한 미소를 지어 보이자 또 한 번 한숨을 쉬었다. 그러다가 팔짱을 끼고서는 싹 표정을 바꾸었다.

평소의 아젤리카다운 냉철한 모습으로.

"슬슬 알려 주시죠."

"무엇을 말이냐?"

"팔카드 교수는 원래 임시직이니 이곳에서 일어나는 일은 별 관심 없다 쳐도……. 저는 다릅니다, 이사장님."

"흐응. 역시 아젤리카에게는 안 되는 건가?"

"대체 이유가 뭡니까. 아카데미에서 대체 무슨 일이 일어나려는 거죠?"

그러자 양 검지로 볼을 찍으며 귀여운 포즈를 취하는 세이나.

"이래도 안 되려나?"

"……후, 이건 정당방위라고 생각하고 한 대 때리겠습니다. 제자의 무례를 용서하시지요."

"우아악! 지금 이렇게 귀엽고 작은 아이를 때리려는 거양?"

"네, 귀엽고 작은 올해 마흔 살이신 세이나 이사장님에게 제가 지금 불경을 저지르려고 합니다."

"하아아."

결국 장난치기를 포기한 세이나는 한숨을 쉬며 아젤리카처럼 옆에 서서 벽에 등을 기댔다.

문득 올려다보는 밤하늘에는 그믐달과 함께 휘황찬란하게 빛나는 별들이 보였다.

"아젤리카, 오랜만에 옛날이야기 들려 줄까?"

착 가라앉은 세이나의 눈빛에는 더 이상 아까 전 같은 장난기는 서려 있지 않았다. 대신 그 눈빛에는 아련함과 동시에 측은함이 서려 있었다.

아젤리카는 지그시 눈을 감으며 대답했다.

"예, 숙모."

그것은 아주 멀고 먼, 10년 전의 이야기.

세이나가 엘도흐 제국의 황실에서 일하던 시절의 이야기였다.

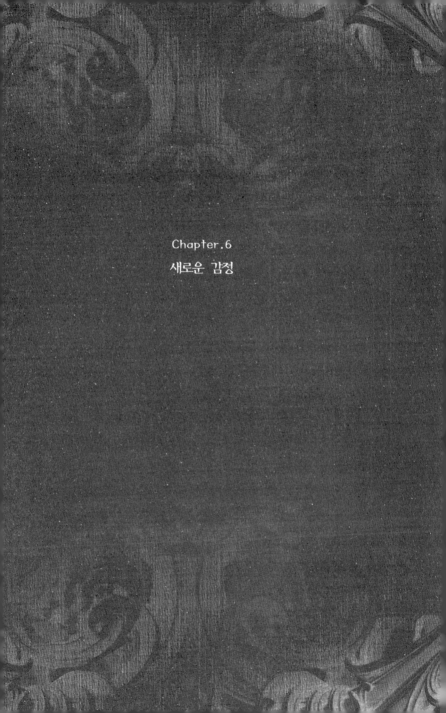

Chapter.6
새로운 감정

무도회 연극을 보여 주기까지 1시간 남짓 남은 상황.

너무나 흥분의 도가니에 휩싸여 있었기에 사정은 전해 듣지 못했지만, 공교롭게도 이베티는 레이시라를 굉장히 존경하고 있었다.

그로 인해 단 몇 십 분 만에 전폭적으로 대본을 수정하는 바람에 모든 연극부원들은 혼란 상태에 빠져야만 했다.

기껏 몇 주 전부터 연습해 왔는데 대본이 순식간에 바뀌니 황당하기 짝이 없던 것이었다. 그러나 막상 대본을 본 무리들은 생각보다 대사가 그리 많이 바뀌지 않았음을 깨달았다. 물론 비중이 높은 역의 경우는 꽤나 많이 바뀌었기에 여전히 불만이 가득한 표정이었지만.

그래도 이들이 어디 대본 바뀌는 상황에 맞닥뜨린 게 어디 한두 번이던가?

현재 이곳에 모여 있는 연극부원들은 한 번도 빠짐없이 아르킨의 횡포에 말려든 경험이 있는 자들이었다. 그런 연유로 인해 대본 바뀐 것이 새삼 천재지변이 일어날 정도로 깜짝 놀랄 일이라고는 볼 수 없었다.

단지 기존의 연극부원이었다면 서로 오랫동안 호흡을 맞춰 온 것이 있고, 서로 스스럼없는 사이다보니 이런 일에도 침착하게 대응할 수 있었을 것이다.

그러나 그런 그들을 이렇게도 힘들게 만들 수밖에 없었던 요인은 다름 아닌 테리언의 등장 때문이었다.

사실 레이시라와 리엘로트의 경우엔 당황하긴 해도 그들에게 있어선 깜짝 이벤트였다.

레이시라는 일국의 공주나, 리엘로트는 아카데미 내에서도 상당히 선망 높은 인기 학생이었으니까.

당연히 이들이 연극에 참여한다면 더할 나위 없이 좋은 평판을 받을 테니 연극부원들로써는 오히려 환영할 일이다.

그러나 테리언은 달랐다.

무엇보다 테리언은 마이너스 요소가 컸다.

물론 혁명의 소년이라며 일부 남학생들 사이에선 호기심을 많이 사긴 했다. 하지만 그건 어디까지나 호기심일 뿐 호감과는 다르다고 볼 수 있었다.

편입날 부터 당당하게 복장 불량을 하고 다닌다든가, 여학생에게 가슴을 만져도 되냐는 추행에 가까운 행위를 한다든가.

오히려 따지고 보면 테리언은 민폐나 다름없었다.

게다가 안 그래도 이미지도 좋지 못한데 대본은 쥐뿔도 못 외우며 연기력은 꽝이기까지 하니 말 다한 셈이었다.

"테리언 님, 테리언 님!"

"어, 어? 왜?"

"얼른 집중하지 못해요? 곧 있으면 연극 시작한단 말이에요. 그나마 이베티 님이 최대한 연기하기 쉽도록 대본을 수정해 줬으니 그거라도 최선을 다해 주시지 않으면 곤란해요."

"아, 알았어."

리엘로트는 잠시 넋이 나가 있던 테리언을 보며 가볍게 질책했다. 하지만 한편으로는 무언가 분위기가 달라짐을 느끼고는 의아함을 느꼈다.

'왜 저러시지? 뭔 일이라도 있었나?'

평소대로라면 그는 앞날의 일에 대한 걱정이 전혀 없어 보이며 뭐가 그리 즐거운지 항상 웃는상을 하고 다녔다.

여자의 가슴을 좋아하긴 했지만 아무것도 모르는 철없는 개구쟁이 같은 느낌이라서 그다지 반감이 느껴지지 않았달까. 보는 그대로의 순수함이 강하게 묻어 나와 오래 지내다 보면 그런 모습에서 친근감마저 느껴지기까지 했다.

그런데 지금은 툭하면 넋을 놓은 채 무언가 상념에 빠지는 행위를 한다든지, 가끔 깜짝깜짝 놀라기도 했다.

무엇보다 결정적으로 리엘로트가 가장 위화감을 느낀 순간도 있었다.

"테리언 님, 거기에선 그렇게 하시는 게 아니라니까요. 좀 더 팔을 들고! 다리는 이런 자세를 취하시라고요."

"어⋯⋯. 이, 이렇게?"

"아뇨! 제가 교정해 드릴게요. 팔을 이렇게 하시고 다리는 이렇게요. 아시겠어요?"

"⋯⋯."

"테리언 님?"

"응? 아. 뭐⋯⋯ 뭔지 알겠어."

말로 설명하자니 영 연기 자세를 취하지 못하는 테리언을 보고 답답함을 느낀 리엘로트가 직접 테리언의 팔을 잡아 주며 연기 자세를 교정해 줄 때였다.

테리언의 두 팔을 움직이기 위해 어쩔 수 없이 리엘로트가 테리언의 등 뒤로 돌아 밀착을 해야 했는데 이따금씩 테리언이 움찔거리며 놀라는 것이었다.

"⋯⋯나 잠시만 머리 좀 식히고 올게."

결국 20분도 채 되지 않아 테리언은 미간을 찌푸리며 이마를 짚는 시늉을 했다.

평소와는 다른 모습을 보여 주는 테리언.

그런 모습에 리엘로트는 상당한 위화감을 느껴야 했다.

"알았어요. 하지만 딱 5분만이에요. 앞으로 연극까지 40분도 채 안 남았으니까요."

그렇게 리엘로트의 허락을 맡고 테리언은 휴게실에 들어가 의자에 털썩 앉았다. 그리고는 두 무릎에 각각 팔꿈치를 가져가 받침대를 한 후 양손으로 이마에 손차양을 만들었다.

전형적인 고민하는 사람의 자세가 아닐 수 없었다.

'도대체 이 감정은 뭐지? 왜 자꾸 두근두근거리는 거야?'

사실 테리언이 자꾸 흠칫흠칫 놀란 이유는 다름 아닌 리엘로트와의 접촉 때문이었다.

특히나 리엘로트가 자세를 교정해 주기 위해 등 뒤로 밀착을 해 오는 순간 그녀의 가슴이 테리언의 등에 짓눌릴 때가 가장 결정적이었다.

마을에 살던 당시에도, 그리고 처음으로 레이시라의 가슴을 만질 때도 이런 감정은 느낀 적이 없었다.

새로운 가슴을 만졌다는 것에 대한, 그리고 색다른 감촉을 느낀다는 것에 대한 도취감은 있었지만, 이렇게 심장이 두근거리는 걸로도 모자라 얼굴이 화끈할 정도로 느껴 본 적은 없었다.

무엇보다 가슴을 만진 것도 아니고 단지 등 뒤에 닿았을 뿐인데도 심장이 쿵쾅거리고 얼굴이 화끈해지기까지 하니까 말이다.

'만약 이 느낌으로 가슴을 만지게 된다면⋯⋯.'

왠지 전과는 다른 기분을 느낄 것만 같은 예감이 드는 것은 단순한 착각인 걸까.

똑똑똑.

"테리언 님?"

테리언이 한창 심란해하고 있는데 문득 문 너머로 리엘로트의 목소리가 들려왔다.

아직 쉴 시간이 지나지 않았는데 왜 부르는 것일까.

한순간 그런 의문이 들었지만 워낙 마음속이 심란한 상황이었는지라 깊게 생각하지 않았다.

"왜 불러?"

"들어가도 되나요?"

"⋯⋯마음대로 해."

처음엔 안 된다고 말하려고 했지만 이내 고개를 젓고서는 승낙의 의사를 표했다.

괜히 안 된다고 말하면 안 그래도 자신 때문에 고생하고 있는 리엘로트에게 괜한 걱정만 끼치게 할 것 같았기 때문이다.

끼익.

저벅저벅.

그런데 문이 열리자 휴게실 안으로 들어오는 발걸음 소리가 요란했다. 고개를 들어 보니 방 안에 들어온 사람은 공교롭게도 리엘로트만이 아니었다.

"테리언 오빠, 괜찮아?"

"왜 그러고 있어? 어디 아픈 거야?"

안전 요원을 맡고 있어야 할 로리에, 클레첼, 네리, 제네시드도 함께 들어온 것이었다.

"어, 그게……."

테리언이 뭐라고 말해야 할지 몰라 잠시 대답을 길게 늘어뜨리는데 돌연 로리에가 가장 먼저 테리언의 옆에 앉으며 테리언의 이마에 손을 짚었다.

그리고는 테리언의 이마를 짚었던 손을 다시금 자신의 이마에 짚던 로리에가 고개를 갸웃거리며 중얼거렸다.

"열은 안 나는 것 같은데?"

"……."

잠시 테리언의 기색을 살피던 제네시드는 근심 어린 목소리로 물었다.

"혹시 주인공 역 때문에 부담이 커서 그런 거야?"

"아니, 그런 건 아닌데……."

"그럼 혹시…… 그거 때문에 그래?"

그러자 이번에는 클레첼이 물어왔다.

순간 무슨 의미냐고 물어보려던 테리언은 문득 호문쿨루스들과 만났던 것을 떠올렸다.

네리도 그것을 알아차렸는지 흠칫하고는 걱정스런 눈빛으로 테리언을 바라보았다.

확실히 클레첼과 네리에게 있어선 심각하게 고민하던 문제였기에 그런 생각을 할만도 했었다. 하지만 테리언은 애초에 호문쿨루스 건은 깊게 생각하고 있지도 않았다.

"아냐. 난 정말 괜찮아. 괜찮아……."

그렇게 대답하는 테리언의 목소리에는 상당히 힘이 빠져 있었다.

언제나 목소리에 자신감이 넘쳤으며 어떤 상황이라도 쾌활한 분위기를 유지하던 모습과는 정반대되는 모습이 아닐 수 없었다.

테리언이 느끼는 감정은 사실 일반적인 남자들에게는 매우 당연하게 느껴지는 감정 중 하나였다. 그러나 테리언에게 있어선 처음 느낀 감정이었기에 상당히 혼란스럽지 않을 수 없었던 것.

그것은 바로 이성에 대한 두근거림.

무엇보다 가장 자주 어울렸던 클레첼에게서도, 제네시드에게서도, 그리고 오히려 적극적으로 다가왔던 로리에에게서도 여태까지 느낀 적이 없었던 감정.

그런데 왜 이제 와서 이런 감정을 느끼게 된 걸까?

'혹시 레이시라 공주님 때문에?'

아직 의문은 풀지 못했지만 테리언은 자신이 레이시라를 알고 있다는 것을 깨달았다.

처음엔 꿈이라고 치부했지만 로리에에 대한 꿈을 꾸고 나서 그것이 꿈이 아닌 과거에 대한 기억의 단편이었음을 깨달았으니까.

물론 그 이후의 꿈도 전부 과거의 기억이라는 보장은 없으나, 로리에의 꿈이 기억에 맞아떨어진 것을 보아 예상하기를 분명 잃어버린 기억이 맞음을 확신했다.

'그런데 왜 레이시라 공주님은 나를 바라보면서 왜 오라버니를 찾는걸까?'

분명 바라보고 있는 것은 테리언인데 말은 마치 딴 사람에게 말하는 것 같았으니까.

그것이 테리언이 가장 이해할 수 없는 행동이었다.

"테리언 님, 스트레스 쌓이시는 건 이해하지만 이제 슬슬 다시 대본 연습을 하셔야 해요. 무대만 끝나면 제가 아젤리카 님에게 부탁드려 쉬게 해 드릴 테니 부디 조금만 더 힘내 주세요."

어느덧, 쉬는 시간이 지났음을 느낀 리엘로트가 그렇게 말했다.

테리언은 말없이 고개를 끄덕이며 먼저 휴게실을 나섰고, 이어서 리엘로트를 제외한 다른 일행들도 자리를 떴다.

그렇게 리엘로트를 제외한 모두가 휴게실을 나갔을 때였다. 비로소 혼자 남았음을 깨달은 리엘로트는 마침내 억지로 표정 관리하고 있던 것을 풀었다.

그리고 그런 리엘로트에게서 드러나는 표정은 다름 아닌 슬픔이었다.

여태까지는 애써 괜찮은 척하고 있었지만 리엘로트는 테리언이 아르킨의 횡포에 휘말리게 된 것을 전적으로 자기 책임이라고 느끼고 있었다.

'테리언 님…….'

아르킨은 리엘로트가 상상했던 것 그 이상으로 악랄했다. 노림수인지 우연인지는 몰라도 아르킨은 리엘로트의 약점을 제대로 노리고 있었으니까.

스스로에 대한 절제심은 강해도 타인에 대한 절제심이 약한 그녀.

무엇보다도 자기로 인해 다른 이들이 피해를 받는 일을 두고 보지 못하는 리엘로트였다.

'아르킨. 당신은 대체 무엇이 목적이야? 그렇게도 내가 당신의 앞에서 무릎을 꿇기를 원하는 거야?'

행여나 오늘 일이 무사히 끝낸다 하더라도 아르킨의 성

미를 보면 여기서 끝낼 리가 없을 것 같았다. 분명 성미가 찰 때까지 아르킨은 점점 테리언의 숨통을 조여 올 테지. 여태까지 아르킨이 노리던 모든 여자들은 그렇게 당해 버렸으니까 말이다.

'그렇게 내가 무릎 꿇는 모습을 보고 싶다면⋯⋯. 이로 인해 다른 이들의 피해를 주지 않는다면⋯⋯.'

리엘로트는 입술을 꽉 깨물었다.

만약 자기 하나만의 희생으로 모두가 행복해질 수 있다면⋯⋯.

마침내 무언가 마음의 결정을 내린 듯 두 주먹을 불끈 쥐며 자리에서 일어났다.

*　　　*　　　*

한편 테리언이 쉬고 있던 휴게실과는 정반대편에 있는 다른 휴게실에는 아르킨이 어느 여학생 두 명과 같이 느긋이 시간을 보내고 있었다.

"아훗!"

아르킨이 오른손을 강하게 가슴을 움켜쥐자 그의 오른팔에 안겨 있던 한 여학생이 야릇한 신음성을 토해 냈다. 그리고 그의 왼팔에 안겨 있는 여학생은 아르킨이 왼손으로 엉덩이를 쓰다듬자 얼굴에 홍조를 띄우며 넓적 다리를 연신 비비적거렸다.

다른 남학생들이 본다면 부러워 마지못해할 광경이었지만 정작 아르킨은 전혀 행복한 표정을 짓지 못했다.

오히려 그 반대였다.

"이제 됐다. 모두 나가 봐."

아르킨이 안고 있던 팔을 풀며 말하자 양옆에 앉아 있던 여학생들은 못내 아쉬운 표정을 지었다. 그러나 아르킨의 분위기를 읽고서는 끝내 자리에서 일어나 휴게실을 빠져나갔다.

그렇게 모두가 나가는 것을 확인한 아르킨은 순간 얼굴을 팍 구기며 양 주먹으로 테이블을 '쾅' 하고 내리쳤다.

"젠장!"

비록 애피타이저였다지만, 그리고 압도적으로 이겼다고는 하지만, 아르킨은 전혀 만족감을 채우지 못했다. 아니, 오히려 더욱 능욕을 당했다고 생각하고 있었다.

'빌어먹을. 설마 그 하찮은 녀석이 레이시라 공주와도 연관이 되어 있었을 줄이야!'

테리언이 어째서 레이시라와 연관되었는지 아르킨에게는 별로 중요하지 않았다.

단지 리엘로트에게 절망감을 주기는커녕 오히려 희망을 심어 준 꼴이 되었다는 것이 아르킨의 속을 뒤집어지게 만들었다.

'이왕 이렇게 된 거 본 무대에서 더욱 절망을 안겨 주겠어. 그렇게만 한다면 리엘로트 년도…….'

끼익.

그런데 갑자기 휴게실의 문이 열리는 소리가 들렸다.

분명 근처에 아무도 들이지 말라고 명령했는데 대체 누가 여는 것일까.

다행히도 그 의문은 오래가지 않았다.

오히려 의외의 인물에 놀라지 않을 수 없었다.

"리엘로트?"

"졌어요."

"뭐?"

"제가 졌다고요. 그러니까 이제 더 이상 테리언 님을 말려들게 하지 마세요. 뭐든지 할 테니까요."

"허."

아르킨은 말문이 막혀 잠시 아무런 말도 할 수 없었다.

혹시 그런 기분 아는가.

예전부터 꼭 가지고 싶었던 것을 얼떨결에 아무런 고생도 없이 덜컥 받아 버리는 것에 대한 공허함, 그리고 허무함.

지금 아르킨이 느끼는 것이 딱 그런 기분이었다.

분명 수많은 고생과 난관을 예상했던 난공불락의 리엘로트가 순순히 자포자기를 선언하다니?

"모…… 든지 하겠다고?"

분명 통쾌해야 하는데 아르킨은 전혀 그런 기분을 느끼지 못했다.

그렇게도 손에 넣고 싶어 했던 여자가 아니었던가!

그런데 어째서 이렇게 실망감이 든단 말인가?

아르킨은 자리에서 벌떡 일어나더니 리엘로트에게 다가가 어깨를 붙잡고는 한쪽 벽으로 몰아붙였다. 그러고는 가까이 얼굴을 들이밀며 똑바로 그녀의 눈동자를 직시했다.

평소 다른 여학생이었다면 이런 무드에 눈을 마주치지 못하거나 배배 꼬는 게 정상이었겠지만 리엘로트는 그러지 않았다. 오히려 담담하게 아르킨의 시선을 마주하고 있었다.

"정말 후회 안 할 자신 있나?"

아르킨은 집게손가락으로 리엘로트의 턱을 가볍게 들어 올리며 자신의 얼굴과 각도를 맞추었다.

그대로 조금만 더 얼굴을 가까이하면 입술이 맞닿을 수도 있는 아찔한 상황.

그럼에도 리엘로트는 여전히 굳건한 표정을 짓고 있었다.

아무 말도 하지 않았지만 그런 그녀의 표정에서는 '어디 해 볼 테면 해 봐.' 라는 느낌이 다분히 느껴지기까지 했다.

그 모습에 아르킨은 울컥하며 리엘로트는 거칠게 바닥

으로 넘어트렸다. 아마 평소였다면 악을 쓰며 발악할지도 모를 그녀였지만 어째서인지 저항하지 않았다.

하지만 확실히 해 두고 싶었던 것인지 다시 한 번 입이 열렸다.

"더 이상 저와 관련된 사람을 건드리지 않겠다고 맹세해 주세요. 그럼 앞으로 당신이 원하는 모든 것을 들어줄 테니까요."

"너……."

드디어 함락시켰다.

여태까지 손 한 번 만지는 것만으로도 기겁을 하며 싫어하던 그녀의 단단한 철벽이 마침내 무너진 것이다.

하지만…… 그건 어디까지나 육체적인 함락에 지나지 않았다.

아르킨은 한 손으로 리엘로트의 가슴을 움켜쥐며 다른 한 손으로는 리엘로트의 목덜미를 끌어안아 서로의 이마를 맞닿게 했다.

그렇게 서로의 숨결이 느껴질 정도로 얼굴이 가까워졌다. 아르킨이 입술만 내밀어도 서로의 입술이 맞닿을 수 있는 순간.

"첫키스를 뺏겨도 상관없나?"

아르킨은 도발을 날려 보았지만 리엘로트는 담담하게 받아쳤다.

"그런 건 형식에 지나지 않으니까요. 당신이 어딜 만지든, 행여나 당신에 의해 순결을 잃게 된다 한들. 제 마음은 결코 변하지 않아요."

"……."

아르킨이 얼빠진 표정을 지었다.

'마음…… 마음이라고?'

사실 아르킨에게 있어서 여자의 마음은 아무것도 아니었다.

언제든지 얻을 수 있고 언제든지 버릴 수 있는 것.

아르킨에게 여자의 마음은 그런 것밖에 지나지 않았다.

하지만 어느 순간부터였을까.

여자들에게 '진심'을 원하게 된 것은.

테리언과 그의 일행들의 다정한 모습을 보면서부터? 아니면 강당에서 테리언과 친근하게 지내는 리엘로트의 모습을 보면서부터?

"……?"

아르킨은 그 이상 다가가지 않고 그대로 리엘로트의 품에서 떨어졌다.

리엘로트가 의아한 표정으로 쳐다보았지만 아르킨은 그대로 자리에서 일어나면서 출입구 문으로 향했다.

"잠깐만요! 어딜 가시는 거죠?"

아르킨이 문을 열고 나가려고 하자 어느새 몸을 추스르

며 일어난 리엘로트가 소리쳤다.

"어딜 가긴. 연극하러 가지."

"그럼 제가 한 말은……!"

그러나 아르킨은 더 이상 대답하지 않고 그대로 문을 열고 나갔다.

그러자 주변에 대기하고 있던 몇몇 여학생들이 반짝이는 눈빛으로 아르킨을 쳐다보았다. 하지만 그 눈빛을 마주하는 아르킨은 단번에 알 수 있었다.

저 눈빛은 결코 자신을 진심으로 원해서 바라보는 눈빛이 아니었다.

그저 자신의 재력, 외모, 권능을 탐하여 달려드는 부나방과도 같은 존재일 뿐이라는 것을.

'이젠 장난감으로는 만족 못한다는 건가?'

아르킨은 그런 여학생들을 무심하게 지나치며 비틀거리듯이 대기실로 나왔다. 그러자 한창 대본 연습을 하는 연극부원들이 보였다.

그러나 행여나 아르킨과 눈이 마주치려 하면 황급히 시선을 피하거나 애써 모른 척했다.

분명 많은 인원들이 대기실 안에 있었는데 어째서인지 아르킨은 자기 혼자밖에 존재하지 않는 것 같다는 기분을 느꼈다.

주변은 칠흑처럼 어둡고, 그곳에 한줄기의 조명이 비추

어진 채 나 홀로 서 있는 듯한 기분.

이것이 바로 소외감이라는 것일까.

아르킨은 그대로 홀연히 대기실을 빠져나갔다.

곧 있으면 무대가 시작됨에도 불구하고, 비중이 높은 악역을 맡은 그임에도 불구하고 그 누구도 아르킨이 나가는 것을 말리지 않았다.

아르킨은 그런 존재였던 것이다.

절대로 다가가서는 안 되는 존재, 여성들에게 있어선 금단의 과실과도 같은 존재.

'이젠 아무래도 좋아.'

아르킨은 미칠 듯한 공허감을 느끼며 무도회장을 빠져나가려고 했다. 그저 지금은 쉬고 싶다는 생각만이 머릿속에 가득할 따름이었다.

그동안 자신이 여겨오던 가치관이 흔들리는 순간이었기에.

"잠깐, 아르킨."

그런데 그의 어깨에 손을 얹으며 부르는 이가 있었다.

아카데미 내에선 그 누구도 감히 아르킨의 몸에 손을 대지 않는다.

심지어 교수들조차도 감히 뭐라 말하지 못하는 사람이니까.

만약 있다면 그와 상응하는 자리에 존재하는 자.

"시르비안이냐."

펠티크 왕국의 차기 왕위 계승권을 가지고 있는 황태자 시르비안이 그곳에 서 있었다.

아르킨은 귀찮다는 듯 시르비안의 손을 내치며 말했다.

"피곤하다. 상대는 나중에 해 주지."

"중요한 이야기다. 자칫하면 너도 휘말릴 수 있는 이야 기니까."

휘말린다니? 그게 갑자기 무슨 소리란 말인가.

그대로 고개를 돌려 무도회장을 빠져나가려던 아르킨이 고개를 돌려 시르비안을 바라보았다.

"그게 무슨 이야기지?"

"곧 있으면 이곳이 전쟁터가 될지도 모른다는 소리다. 예상했던 것보다 계획이 조금 틀어졌거든. 그래서 미리 피신시키기 위해서 왔다. 사실 이 무도회장 내에서 신경 써야 하는 인물은 엘도흐 제국의 귀족들뿐이거든."

그러나 엘도흐 제국은 자기 나라 내에 엘도흐 공립 아 카데미를 따로 국가에서 운영하고 있었다. 그래서 대부분 엘도흐 제국의 귀족들은 공립 아카데미에 다니고 있는 실 정이었다.

물론 아카데미 중에선 프로티나 아카데미가 가장 으뜸 이긴 했다. 다만 애초에 엘도흐 제국과 프로티나 왕국이 서로 정반대에 위치해 있는지라 거리가 너무 멀어서 잘 편입하려고 하질 않을 뿐이었다.

시르비안처럼 명예욕이 큰 존재처럼 좋은 아카데미에 나왔다는 소리를 들으려는 자가 아니라면 말이다.

여담이지만 아르킨의 경우에는 그냥 부모님의 잔소리를 듣기 싫어 일부러 먼 아카데미에 지원해 온 경우였다.

"그렇다면 황녀님한테도 말씀드렸나?"

"물론이지. 여기 중에서 너 다음으로 귀중하신 몸이니까 말이야. 아마 예상대로라면 한 시간도 채 안 되서 소동이 벌어질 거다."

아무래도 같은 유형이라서 그런 걸까.

아르킨은 시르비안의 눈빛에서 강한 흑심이 느껴짐을 깨달았다.

아르킨이 물었다.

"목적이 뭐지?"

"아바마마에게 인정받기 위함이지. 비록 내가 왕위 계승권을 물려받았다고는 하나 아직도 형님과 누님들이 단단히 벼르고 있거든. 하아, 막내의 자리는 이래서 곤란하다니까. 좀 몇 년 일찍 태어났다고 만만하게 보고 앉았고 말이야. 그래서 내가 친히 형님과 누님들에게 압도적인 위용이 뭔지 각인시켜 주기 위해서 선물을 하나 해 드릴까 해. 바로 이 '프로티나'라는 왕국의 선물을 말이지."

시르비안은 목을 한 바퀴 돌려 보이며 어깨를 으쓱하더

니 무도회장 쪽으로 몸을 돌렸다. 그리고는 오른손을 들어 보이며 인사하는 시늉을 보였다.

"여하튼 몸조리 잘해. 뭐, 황녀님이나 너나 자기 몸 지킬 힘은 가지고 있다는 건 알지만 그래도 엘도흐 제국이랑 마찰을 빚고 싶진 않으니까."

다시금 무도회장으로 향하는 시르비안의 뒷모습을 보며 아르킨은 눈매를 가늘게 뜰 따름이었다.

*　　　*　　　*

엘도흐 제국의 제 5황녀인 세니츠는 방금 전까지만 해도 최고의 기분으로 무도회를 만끽하고 있었다.

사실 무도회장 초반에는 진득거리게 달라붙는 몇몇 귀족 남학생 때문에 처음엔 제대로 무도회를 즐기지 못했다.

'어중간하거나 시시콜콜한 파트너는 절대 사양이야!'

그래서 매번 다가오는 남학생들을 물리치며 지루한 무도회를 즐기던 도중 문득 아르킨이 무대로 올라와 깜짝 이벤트를 벌였다.

이때까지만 해도 쟤는 왜 저렇게 까불대나 싶었다.

안 그래도 아르킨에 대한 이미지는 좋지 않게 보고 있었기에 세니츠에게 있어서는 상당히 꼴불견으로 보였던 것이다.

그런데 바로 그때, 처음 아카데미에 오면서 요주의 인물 중 하나였었던 테리언이 등장했다.

게다가 놀랍게도 아르킨과 테리언이 프린스 무도회 경쟁 대결을 펼친다는 것이었다.

비록 아르킨이 꼴사납다고는 생각하나 그가 얼마나 여자들에게 호감을 잘 사는지는 엘도흐 황궁의 대다수가 알고 있는 바였다. 오죽하면 엘도흐 황궁의 30% 이상의 하녀들이 아르킨에게 연심을 품을 정도였으니까.

그런 그와 여자들의 투표를 얻어야 하는 대결을 펼친다니?

아르킨의 명성을 잘 알고 있는 세니츠였기에 과연 그 대결이 어떻게 펼쳐질지 기대감이 생기지 않을 수 없었다.

인정하고 싶지 않지만 세니츠는 아르킨이 이길 확률이 매우 높음을 인지하고 있었다.

그래도 테리언 쪽에서 행여나 기적을 일으켜서 이기는 것은 아닐까, 적어도 이기진 못하더라도 박빙의 모습을 보여 주진 않을까.

그러한 희망을 품으며 그들의 무대를 지켜보았다.

먼저 선보인 아르킨의 무대는 그야말로 환상이었다.

비록 아르킨을 좋지 않게 보는 세니츠였지만, 아르킨의 무대는 냉정하게 보아도 확실히 흠잡을 때 없이 완벽과 화려함, 그 자체였다.

안 그래도 기본적으로 여자들에게 호감이 높은 그인데 무대까지 완벽하다니…….

세니츠는 그 순간부터 이미 희망을 완전히 접었었다.

아무리 테리언이 길고 날뛰어도 아르킨을 이기는 것은 무리일 것이라고.

그리고 아니나 다를까, 테리언은 패배를 시인했다.

그 모습에 세니츠는 처음엔 깊은 실망감을 느꼈다.

그래도 과거 아카데미에 오던 때, 시종 자니카를 통해 요주의 인물 중 하나로 손꼽혔을 정도라면 무언가 보여 줄 것이라고 기대했던 것이다. 게다가 그리 특별한 것도 없음에도 불구하고 네임드인 여학생들과 친하게 지낸다고 들었기에 분명 무언가 있을 줄 알았다.

그런데 갑자기 리엘로트가 나타나고 나서부터 분위기는 순식간에 반전되었다.

어떠한 마법이든 막아 내는 모습을 보여 준다고 하더니 리엘로트가 테리언을 향해 쉼 없이 마법을 난사하기 시작하던 것이었다.

확실히 아무런 방비도 없이 마법을 무효화시키는 테리언의 모습은 놀랍기 그지없었다. 다만 처음엔 봐주는 듯한 기분이 들었기에 약간 밋밋했었다.

그런데 어느 순간부터 서서히 그 마법 공격의 스케일이 커지더니 마지막엔 스치기만 했어도 치명타를 입었을 마법까지 시전했다.

더욱이 놀라웠던 것은 그런 마법을 맞았음에도 생채기 하나 나지 않은 테리언의 모습이란 것이었다.

어쩌면 저 정도의 무대라면 혹시 가능하지 않을까.

한순간 세니츠에게 그런 생각을 품게 만들 정도로 숨 막히는 무대가 아닐 수 없었다.

하지만 반전은 일어나지 않았다.

무엇보다 아르킨이 투표를 하기 위해선 직접 무대로 올라와야 한다는 룰을 만든 것이 가장 결정적이었다.

얼굴을 직접 보여야 한다는 것.

비록 세니츠가 어리긴 했어도 황궁 생활을 하면서, 특히나 막내로 지내면서 눈칫밥은 엄청 먹어 온 그녀였다.

그리고 저런 상황에서 얼굴을 내보여야 한다는 것이 얼마나 큰 문제점으로 작용되는지 잘 알고 있었다.

만약 익명의 투표였다면 정말로 박빙이 되었을 수도 있었을 것이다.

그나마 중간에 테리언과 아는 사이인 듯한 인물들이 테리언의 표를 들어 주긴 했지만 세니츠가 보기엔 오히려 더 볼썽사납다고 여겨질 따름이었다.

그렇게 끝이라고 생각하던 때였다.

그 순간 의외의 인물이 등장했다.

어지간해선 그 모습을 잘 드러내지 않는다던 신비주의로 소문난 프로티나 왕국의 공주 레이시라가 무도회장에 등장한 것이었다. 게다가 레이시라 못지않은 외모를 자랑하는 의문의 소녀 제네시드의 등장에 무도회장은 순식간에 아수라장이 되었다.

레이시라의 등장도 의외였지만 제네시드의 경우는 아는 이들이 거의 전무했기 때문이었다. 제네시드 정도의 외모를 자랑했으면 모르는 사람이 있을 리가 없었을 테니까.

그리고 결정타로 그런 그녀들이 테리언의 표를 들어 주면서 분위기는 완전히 역전되고 말았다.

그래도 여전히 추가적으로 테리언에게 투표를 준 이들이 없었기에 아르킨의 압승으로 끝났지만, 세니츠는 이 대결이 테리언이 이겼다고 판단했다.

무엇보다 누군지도 모르는 100명의 여학생들의 표보다 한 나라의 공주인 레이시라의 표가 더 값지다는 것을 알고 있었기에.

그 순간 세니츠는 확신이 섰다.

한낱 평범한 학생 주제에 네임드 여학생들과 친하게 지내며 일국의 공주와도 연관이 있는 존재!

이런 존재야말로 자신의 파트너가 될 자격이 있다고 말이다.

무엇보다 세니츠가 원하는 파트너는 기존의 언니들이 데려오던 거기서 거기 같던 뻔한 파트너와는 다른 특별함을 지닌 파트너였으니까.

 하지만 바로 접근하면 황녀로써의 체면이 있지 않은가.

 무엇보다 황녀의 근엄을 유지하면서 어떻게 하면 테리언에게 접근할 수 있느냐가 문제였다.

 그래서 시종 자니카를 통해 막 밑바탕을 만들어 놓으려던 참에 뜻밖의 불청객이 등장했다.

 하르카 대륙에서도 가장 야망이 가득하며, 땀 냄새 나기로 유명한 펠티크 왕국의 왕태자인 시르비안이 경고를 해 왔던 것이다.

 한 시간 이내에 프로티나 아카데미를 떠나지 않으면 좋지 않은 일에 휘말리게 될 것이라고.

 그러나 세니츠가 보기엔 그저 하룻강아지가 위협이랍시고 짖는 모습에 불과했다.

 심지어 세니츠의 아바마마이자 엘도흐 제국을 통치하는 황제는 펠티크 왕국은 애초에 안중에도 없을 정도다. 하물며 아버지 되는 사람이 그러한데 과연 그들의 딸은 어떻겠는가?

 "어떻게 하실 건가요, 황녀마마."

 자니카의 물음에 세니츠는 어깨를 으쓱이며 요염한 미소를 지어 보였다.

"어떻게 하긴. 우린 그대로 무도회를 즐길 거야. 시르
비안이 뭔 짓을 하던 간에 난 내 목표를 달성하면 그만이
니까."

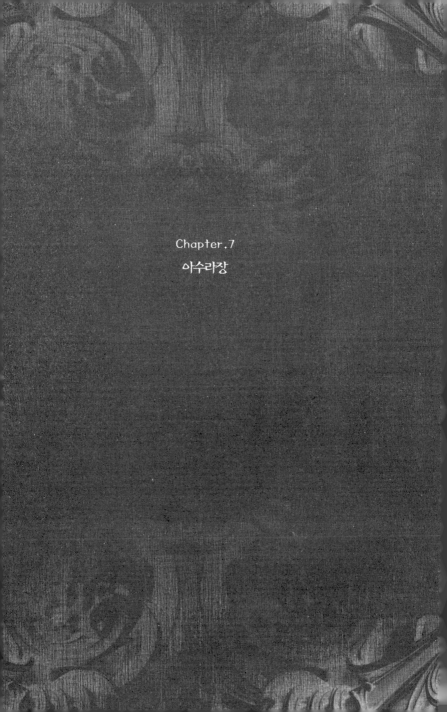

Chapter.7

아수라장

시르비안은 상당히 기분이 좋지 못했다.

무엇보다 그렇게 언질을 주었는데도 태도를 일관하는 세니츠와 아르킨 때문이었다.

아르킨은 그래도 한 성깔 있는 놈이다 보니 그러려니 했지만, 아직 어린년에 불과한 세니츠마저 자신의 경고를 무시하니 심히 불쾌하기 짝이 없었다.

'뭐, 그래도 같은 막내의 처지로서 그 기분을 이해 못 하는 건 아니지만.'

막내이다 보면 어쩔 수 없이 고집이 강해질 수밖에 없게 된다.

다른 누나와 형들에게 매번 기회를 뺏기고 항상 뒷전에

서야 하니 고집이 안 생겨야 안 생길 수가 없었기 때문.

그러다 보면 자연스레 고집을 부리지 않아도 될 부분에서도 본능 때문에 고집을 부리게 된다.

'하지만 내 말을 우습게 여긴 것에 대해 곧 후회하게 될 거야.'

시르비안은 잔뜩 썩은 미소를 지어 보였다.

현재 그는 은근슬쩍 무도회장에서 나와 아카데미의 후문 쪽으로 향하는 중이었다.

원래 시르비안은 프로티나 아카데미 무도회에 참여할 생각이 없었다.

그러나 그와 모종의 거래를 한 자가 일이 틀어지는 바람에 불미스러운 일이 생겼다며 대면을 하길 요청했던 것.

결국 안중에도 없던 프로티나 아카데미 무도회에 참여하게 되었지만 그 순간 그의 뇌리에 번뜩이는 것이 있었다.

현재 그가 추진하고 있는 하나의 프로젝트.

그 프로젝트의 결과물을 실험해 봄과 동시에 자신의 아버지에게 확실히 왕태자로서의 입지를 다스리기 위한 작전!

바로 프로티나 왕국을 바치는 것이었다.

무엇보다 현재 프로티나 아카데미에 각국의 귀족이 몰려 있는 때야말로 프로티나 왕국을 뒤흔들 수 있는 절호의 기회였다.

'만약 각국의 귀족들이 몰려 있는 이 시점에서 귀족의 자식들이 목숨의 위기에 처하게 된다면?'

당연하게도 시르비안은 이 사건에 자신도 역시 피해자로서 위장할 생각이었다. 그리고 그 속에 귀족들을 위협하는 무리들을 넣어 혼란을 가중시킨다.

당연히 이 사건에 대한 책임은 일차적으로 프로티나 왕국이 떠안게 될 터.

그렇게 프로티나 왕국이 입지도가 흔들리는 바로 그 순간 기회를 노려 펠티크 왕국이 프로티나 왕국을 집어삼키는 작전이었다.

'물론 여기까지만 듣는다면 내 작전이 허황된 것이라 여겨지겠지.'

그러나 시르비안은 자신이 추진하고 있는 하나의 프로젝트 여부만 확인하면 이 작전이 충분히 성공할 수 있을 것이라고 장담했다.

지이잉—

그때 후문으로 향하고 있는 시르비안에게 통신 마법이 걸려 왔다.

통신을 수락하자 시르비안의 귀에 손바닥만 한 원형의 마법진이 허공에 생성되었다.

시르비안이 말했다.

"어디냐."

"곧 있으면 도착합니다."

"쯧. 이왕이면 수도를 빠져나갔으면 좋았을 것을."

"면목 없습니다……."

"뭐, 괜찮아. 덕분에 나름대로 즉흥적인 계획이 생각났거든. 나는 지금 아카데미의 후문 쪽으로 향하고 있다. 너희들도 그쪽으로 오도록."

"알겠습니다."

그리고 잠시 후, 아카데미 후문 쪽에 도착하자 후문을 지키는 경비원이 시르비안을 보고서는 깜짝 놀랐다.

"아니, 펠티크 왕국의 왕태자님이 아니십니까? 여기는 어인 일로……."

"좀 자라."

딱!

시르비안이 가볍게 손가락을 튕기자 한차례 마나의 파동이 일더니 경비원이 풀썩 쓰러지며 정신을 잃었다.

염력 마법으로 경비원을 초소 안으로 들이밀어 넣은 시르비안은 근처에 있는 감시 마법까지 전부 기능을 정지시킨 후 그들이 오기만을 기다렸다.

그렇게 한 10분 정도가 흘렀을까.

칠흑 같은 어둠 속에서 마침내 정체불명의 무리들이 서서히 다가오기 시작했다.

그리고 마침내 후문 앞까지 도달한 무리들.

그들의 정체는 다름 아닌 로리아나와 퀼러트, 그리고 그들을 따르는 스물세 명의 호문쿨루스들이었다.

그들의 뒤에 있는 호문쿨루스들의 숫자를 세던 시르비안이 인상을 팍 구겼다.

"분명 서른이라고 했을 텐데?"

그러자 로리아나가 급히 무릎을 꿇으며 사죄했다.

"죄송합니다. 중간에 뜻밖의 방해꾼들과 마주하는 바람에……."

"방해꾼들?"

로리아나는 그간의 겪었던 일들을 설명하기 시작했다.

그리고 그 이야기를 전부 들은 시르비안은 안 그래도 구겨졌던 인상을 더욱 구겨 버렸다.

"뭐? 데니크, 그 노망난 영감탱이 마법사가 이곳에 있다고?"

"예."

"젠장. 왜 그 양반이 여기 있는 거지?"

"그건 저도 잘……."

엘도흐 제국의 황궁 마법단의 단장이자 현존 하르카 대륙에서 최고라 불리는 대마법사 데니크.

과거 전성기 때의 그의 전투력은 일반 병사의 수와 비교했을 때 가히 3만 명과 맞먹을 정도의 위력을 지닌 자였다. 이른바 일인군단이라는 말이 손색이 없을 정도였다.

지금은 비록 나이를 먹어 예전 같지는 않다고 하나, 여전히 현존 최강의 마법사라는 타이틀을 가지고 있는 그였다.

하물며 마법사는 나이를 먹을수록 더욱 강해진다고 하지 않던가?

'큭. 귀찮게 되었군. 하지만 내 계획에는 여전히 차질은 없다.'

하지만 시르비안은 곧 미소 지었다.

원래 시르비안의 목적은 펠티크 왕궁의 비밀 창고에서 발견한 흑마법의 서적으로 탄생시킨 호문쿨루스들을 데리고 펠티크 왕국의 병력을 증강시킬 생각이었다.

그러나 펠티크 왕국과 인접해 있는 프로티나 왕국을 점령할 수 있는 기회가 생긴다면 더할 나위 없이 좋으리라.

그리고 왕국을 집어삼키기에는 나라 분위기가 뒤숭숭할 때가 제격이지 않겠는가.

'정말 나는 운이 좋아. 분명 레이시라 공주도 무도회에 참여했다고 했지. 만약 레이시라 공주를 인질로 삼는다면……'

프로티나 왕국에 적지 않은 타격을 줄 것이다. 이것만은 틀림없는 사실이었다.

게다가 현재 레이시라 공주는 프로티나 왕국의 유일한

정통 왕위 계승자가 아닌가?

만약 레이시라를 죽이면 프로티나 왕국은 왕위를 이을 자가 없어지게 되어 결국 다른 이를 왕으로 뽑으려 할 것이다.

그렇다면 아무리 평화의 나라라 불리는 프로티나 왕국이라 할지라도 권력을 탐내는 귀족들이 군침을 흘리며 서로 왕위 쟁탈전에 힘쓰게 될 것이겠지.

'아주 기가 막힌 시나리오군. 나는 굳이 힘 쓸 필요 없이 이 어리석은 놈들을 조종하는 것만으로도 일석이조 효과를 누릴 수 있을 테니까.'

시르비안은 로리아나와 퀼러트를 바라보며 음흉한 미소를 지었다.

행여나 실패한다 하더라도 본전에 지나지 않은 계획.

시르비안은 이 둘을 적절하게 이용할 생각이었다.

원래는 호문쿨루스들을 개발하게 만들게 한 후 버릴 생각이었는데 상황이 상황이다 보니 당분간 더 써먹어야 할 듯싶었다.

시르비안이 말했다.

"로리아나, 퀼러트. 너희들이 해 주어야 할 일이 있다. 소중한 호문쿨루스들을 잃었으니 그에 따른 손해는 너희들이 벌충해야 할 것이야."

"혹시 외람된 말씀이오나 무엇을 해야 하는지 알려 주

실 수 없으신가요?"

퀼러트의 질문에 시르비안은 새삼 무슨 질문을 하는 것이냐는 듯 피식 웃으며 대답했다.

"그 호문쿨루스들을 데리고 아카데미로 쳐들어가라. 아마 지금쯤이면 한창 연극이 진행되고 있을 테니 정신이 없을 거야. 너희들도 아카데미 학생이니 잘 알고 있겠지?"

"예? 하지만 모처럼 힘들게 빠져나왔는데……."

퀼러트가 항변하려 하자 시르비안의 표정이 딱딱하게 굳었다.

"그렇게 빠져나온답시고 한 사람이 정작 수도는 못 빠져나가? 게다가 일곱 명의 호문쿨루스들을 잃기까지 하고? 너희들은 나에게 변명을 할 자격이 없다는 것을 잘 알고 있을 텐데?"

그러자 로리아나가 다급한 어조로 물었다.

지금 이 상황에서 시르비안의 심기를 건드려서 좋을 것이 하나도 없었기 때문.

"그, 그럼 다시 쳐들어가서 무엇을 하면 되는 겁니까?"

"아마 무도회장에 참여한 이들의 대다수가 귀족일 거다. 호문쿨루스들을 통해 그들을 포로로 잡고 너희 둘 중한 명은 레이시라를 인질로 잡고 있어라. 분명 너희들이 수도를 빠져나가는 데 실패했다고 했으니 지금쯤이면 너희들이 이쪽으로 도망쳤다는 걸 왕국 측에서도 눈치를 챘을 거다. 그들도 바보는 아닐 테니까. 너희들이 할 일은 한창 소란을 일으키면서 왕국 측에서 너희들을 주시할 때까지 시간을 끄는 거다."

레이시라를 인질로 잡으라는 말에 로리아나가 아연실색한 표정을 지었다.

분명 공주를 인질로 잡는다는 것 자체는 좋은 계획이다. 하지만 레이시라가 얼마나 강한 마법사인지 로리아나는 똑똑히 깨달은 상태였다.

엄청난 마력을 뿜어내는 걸로도 모자라 흑정액의 범위 속에서도 마법을 구사할 수 있을 정도의 위력.

그런 그녀를 인질로 잡으라니?

"하…… 하지만 레이시라는 보통 마법사가 아닙니다!"

"그건 내 알 바가 아니지. 그리고 너희들도 머리가 있으면 생각이란 것도 할 줄 알 거 아냐? 여태까지 그 머리로 어떻게 흑마법 배웠어? 아니면 편법이라도 쓰든가!"

"펴, 편법이라면은……?"

로리아나가 재차 질문하자 시르비안은 한숨을 푹 쉬었다.

"직접 상대하기 힘들면 레이시라를 동요하게 만들 만한 약점을 잡기라도 하든가. 그것도 스스로 알아내지 못한다면 그냥 뒈져 버려. 당연하겠지만 만에 하나 조금의 실패라도 생긴다면 보수는 없다."

"그런!"

"애초에 보수를 받기도 전에 왕국의 병사들에 의해 체포당할걸?"

"그, 그럴 수는 없습니다!"

로리아나가 애처롭게 바라보았지만 시르비안은 털끝도 신경 쓰지 않는 듯 몸을 돌렸다.

"그러면 일을 똑바로 하든가. 적당히 왕국 측에서 너희를 주시한다 싶으면 레이시라는 죽여 버려라. 그 후에는 내가 탈출로를 만들어 줄 테니까."

"저, 정말이십니까?"

"그럼. 그래도 호문쿨루스들은 필요한데 그냥 버릴 수는 없잖아? 속고만 살았나? 나도 오랫동안 자리를 비우면 의심받을 테니 무도회장으로 돌아가도록 하지. 너희들이 난입하는 건 내가 들어가고 나서 30분 후다. 그리고 애초에 그런 상황도 제압하지 못하는 호문쿨루스라면 강자들의 세계인 펠티크 왕국에서 써먹을 가치도 없을 테니까."

*   *   *

마침내 걱정도 많고 탈도 많던 연극이 본격적으로 막을 올렸다.

테리언과 리엘로트를 제외한 나머지 이들은 다시금 안전 요원 자리로 돌아가 제자리에서 자리를 지키고 있었다.

리엘로트는 다른 이들에게 걱정 말라고는 했지만 사실 그 누구보다도 가장 걱정을 하고 있는 사람이기도 했다.

'부디 실수만 안 하시면 좋을 텐데…….'

특히나 테리언의 컨디션이 영 좋지 않아 보이기까지 했으니 말이다.

여 주인공을 역을 맡은 리엘로트는 연극부원과 비교해도 손색이 없을 정도로 뛰어난 연기력을 선보이며 관중을 사로잡았다. 그리고 다소 불안해 보였던 아르킨도 악역으로서 그 본분을 충실히 다했다.

그러나 어째서일까.

아르킨을 마주하는 리엘로트는 왠지 모르게 그가 평소와는 다르게 어딘가 기세가 많이 죽었다고 느꼈다.

평소라면 자신과 대치하는 것만으로도 닭살 돋을 정도의 능글맞은 기세를 내뿜던 그가 말이다.

다행히 연극 진행 자체에는 문제가 없었기에 순조롭게 나아갔다.

그렇게 간신히 서막이 끝이 났다.

그나마 서막에선 주인공이 얼굴을 드러내지 않았고 로브로 얼굴을 감싼 모습을 연출하는 것이었기에 대역으로 커버가 가능했다.

원래는 로브만 뒤집어쓸 뿐이지, 얼굴은 보여야 했으나 테리언의 연기력 때문에 이베티가 일부러 뒤집어썼다는 설정으로 바꾼 것이었다.

하지만 중막에서부터는 그런 방식이 통하지 않는다고 했다.

그래도 엄연한 남 주인공인데 계속 얼굴을 가리면 문제가 될 것이라는 이유 때문이었다.

'부디 잘되어야 할 텐데.'

리엘로트는 속으로 간절히 기도했다.

최대한 주인공의 연기 비중을 줄였다지만, 그래도 주인공은 주인공.

어쩔 수 없이 모습을 보여야만 하는 필연적인 부분은 아무리 이베티라도 어떻게 바꿔 줄 수가 없었다.

그렇게 중막이 시작되었다.

처음에는 주인공인 테리언이 숲에서 길을 잃고 방황하다가 여 주인공인 리엘로트를 만나는 것이 중막의 첫 파트였다.

'오빠……'

무엇보다 가장 걱정해 주고 있는 사람은 가장 테리언을 걱정하고 있는 로리에였다.

다행히도 그런 로리에의 걱정과는 달리 테리언은 잘 해내고 있었다. 완벽하다고는 볼 수 없었지만 눈에 띌 정도로 어색하지는 않았기 때문.

몇몇 눈썰미 높은 학생들은 진즉에 테리언의 연기 부실을 눈치채고는 미간을 찌푸리고 있었지만, 연극부원들 입장으로서는 그나마 다행이라고 볼 수 있었다.

심할 경우는 야유까지 날아올 수 있는 것이 무도회의 연극이었으니까.

그러나 안타깝게도 로리에는 연극에 집중하지 못하고 끝내 눈살을 찌푸려야만 했다.

"저기저기, 너 혹시 어느 반이야?"

"이름은? 가문 이름이 어떻게 돼?"

"혹시 편입생이니? 너 같은 애는 처음 봤는데⋯⋯. 아, 물론 나쁜 의미는 아니고 너처럼 아름다운 소녀는 아카데미 다니면서 처음 봐서⋯⋯."

"레이시라 공주님이랑은 어떤 관계야? 아까 같이 들어오던데?"

로리에의 옆에 서 있는 제네시드 주변에 몇몇 남학생들이 몰려들어 치근덕거리고 있었기 때문이었다.

아젤리카의 말 때문에 다시 안전 요원 자리로 돌아가긴 했지만, 이미 제네시드의 모습은 많은 이들의 뇌리 속에 진하게 남아 있었다.

처음 등장하던 당시에는 레이시라의 파급력이 강해 잠시 묻힌 듯싶었지만 사실 단일로 따져 보면 제네시드도 레이시라 못지않은 미녀였던 것.

그리고 당연히 그런 제네시드에 관심을 가지고 작업을 걸기 위해 모여든 것이었다.

"남자 친구는 있어?"

"혹시 편입생이면 이 오빠가 친구들 소개시켜 줄게. 아직 친구는 많이 사귀지 못했겠지?"

"……."

끝없이 쏟아지는 질문 공세에 제네시드는 그저 침묵을 지키기만 했다.

사실 저런 상황에서 일일이 대답하는 것도 쉽지 않기는 하다. 하지만 단지 그런 이유 때문에 침묵을 지키고 있는 것 치고는 표정이 어딘가 암울해 보였다.

결국 보다 못한 로리에가 그들을 노려보며 싸늘하게 말했다.

"저기요. 특별한 용무가 없으시다면 무도회장으로 돌아가시지요? 안전 요원 역을 하는 데 방해가 되지 않습니까?"

그러자 제네시드에게 치근덕거리던 남학생들이 미간을 찌푸리며 목소리가 들린 쪽을 쳐다보았다.

그러나 상대가 로리에라는 것을 깨닫고는 이내 혀를 차며 무도회장 쪽으로 돌아갔다.

그들은 로리에가 냉혈의 악녀라는 것을 잘 알고 있었기

때문이었다.

특히나 잘못 까불면 사타구니를 얻어맞는다는 소문 때문에 남학생들은 어지간해선 로리에와 연관되려 하지 않았다.

방금 전처럼 로리에의 한마디에 순순히 물러난 것도 그러한 소문의 영향 덕분이었던 것.

남자들이 물러나는 모습을 보던 제네시드가 로리에를 향해 고개를 꾸벅 숙여 보였다.

"고, 고마워요."

"뭘요. 그보다 표정이 상당히 어두우신데 많이 불쾌하셨나 봐요?"

"아뇨. 그냥 조금 당황스러워서요."

"그런가요……."

로리에는 제네시드와는 그다지 친한 사이는 아니었기에 더 이상 묻지는 않았다.

사실 로리에와 제네시드는 첫 만남부터가 상당히 악연이었으니까 말이다.

게다가 갑자기 달라진 제네시드의 모습에 로리에도 적잖은 위화감 때문에 섣불리 다가가기 힘든 것도 있었다.

그리고 그것은 제네시드 역시 매한가지였다.

애초에 제네시드는 처음부터 로리에를 경계하고 있었으니까 말이다.

단지 테리언이 중계 역할을 해 주었기에 여태까지 어색하지 않게 지냈던 것이었을 뿐.

"후우."

치근덕거리던 남학생들이 사라지자 비로소 마음의 안정을 되찾은 제네시드는 안도의 한숨을 내쉬었다.

사실 제네시드에게 있어서 이런 관심은 전혀 익숙하지가 않았다.

아니, 익숙함 그 이전에 불쾌스럽고 혐오감이 들 정도였다.

과거 S반에 소속되기 이전에는 또래 학생들이 남자도 여자도 아닌 어중간한 제네시드를 보며 놀리거나 꺼렸다.

오죽하면 집단 따돌림까지 받아서 결국 이를 악물고 노력해 자유로운 활동이 가능한 S반에 소속되었다.

그리고 그 이후로는 인적이 드문 학생 교사의 옥상에 지내면서 또래 친구들과의 만남을 스스로 단절시켜 버렸던 것.

그런데 그때에는 그렇게 따돌림시키면서 지금은 모습이 달라졌으니 친근하게 굴어 오는 것이 제네시드의 입장에선 상당히 역겹지 않을 수 없었다.

심지어 아까 전에 제네시드에게 치근덕거리던 남학생 중 한 명은 과거 제네시드를 따돌렸던 이도 포함되어 있었다.

테리언 일행은 자주 제네시드를 봐 왔기에 달라진 모습에도 금방 알아챌 수 있었지만 따돌림을 하던 애들은 간만에 보니 전혀 알아보지 못했던 것.

'테리언이 아니었다면……'

그날, 우연히 옥상에서 시작된 테리언과의 인연이 아니었더라면 지금도 제네시드는 여전히 옥상에서 쓸쓸히 하루를 보내고 있었을 것이다.

그랬기에 제네시드에게 있어 테리언은 특별한 존재가 아닐 수 없었다.

자신의 헤르마프로를 담담하게 받은 존재.

그리고 그런 자신을 친구로 인정한 존재.

"푸흡!"

그렇게 제네시드가 한창 상념에 빠져 있을 때 돌연 무도회장의 어느 곳에서 웃음이 터져 나왔다. 그리고는 연이어 로리에의 근심 어린 탄식이 흘렀다.

"오, 오빠……."

제네시드는 왜 그러나 싶어 고개를 들어 무대를 바라보았다.

때마침 무대는 중막의 절정 부분에 달해 있었다.

그중 주인공 역인 테리언이 자신을 보살펴 준 소녀가 사실 자신의 친여동생임을 깨닫고는 갈등하는 연기를 해야 하는 부분이었다.

사실 이 갈등하는 부분이 중막에 꽤나 큰 비중을 차지했다.

그러나 리엘로트의 우려 때문에 이베티가 전폭적으로 수정해 최대한 짧게 끝내도록 해 놓은 상태였다.

하지만 그럼에도 불구하고 테리언은 잠시 버벅거리는가 싶더니 끝내 말을 얼버무리는 실수를 저지르고 만 것이었다.

직접적인 야유까진 아직 나오지 않았으나 이미 관중의 분위기는 싸늘하게 식어 버린 상태였다. 심지어 몇몇은 노골적으로 이맛살을 찌푸리며 아예 무대에서 시선을 돌려 버리기까지 했다.

차라리 누군가와 같이 연기를 해야 하는 부분이라면 해당 연기를 해 주는 다른 사람이 자연스레 진행을 해서 넘길 수도 있었다. 그러나 하필이면 테리언이 혼자 무대에 서서 독백을 해야 하는 부분이었기에 자연스럽게 분위기를 바꿔 줄 사람도 없었다.

"설마 그, 그녀가 내 여동생이었을 줄이야. 어……음……."

테리언이 계속 잦은 실수를 연발하며 상황을 수습하지 못하자 연극부원들은 아예 패닉에 빠져 버렸다.

연극을 망치기까지 일촉즉발의 상황!

"감독님! 어떻게 해요?"

"으으. 그러니까⋯⋯."

한편 그 모습을 보며 연극부원들이 어쩔 줄을 몰라 하며 이베티에게 도움을 요청했다.

머리를 끙끙 싸매던 이베티는 어떻게 해야 하나 싶어 우물쭈물 거리는데 돌연 여 주인공 역을 맡은 리엘로트가 제안을 해 왔다.

"아무래도 제가 나서야겠어요."

"하, 하지만 지금 이 이야기에서 여동생은 등장할 타이밍이 아니에요. 만약 리엘로트 님이 나섰다간 대본 수습도 하기 힘들다고요."

이베티가 절대 무리라며 곤란한 표정으로 고개를 저었다. 그러자 리엘로트가 답답한 표정을 지으며 말했다.

"하지만 이대로 무대를 망치는 것보단 낫잖아요?"

"그럼 애드리브로 가자고요?"

이베티의 질문에 리엘로트는 잠시 침묵했다.

애드리브.

대본에 없는 대사를 즉흥적으로 떠올려 말하는 것.

그러나 애드리브는 아무리 숙련된 연기자라 하더라도 쉽게 구사할 수 있는 것이 아니었다.

애초에 애드리브는 노력으로 해낼 수 있는 연기력과는 별개로 어느 정도 타고나야 가능한 기술이니까 말이다.

그렇게 찰나의 순간, 서로 갈등이 오가고 있을 때였다.

콰앙—!

돌연 강당의 정문이 거칠게 열리자 무도회장 내에 있는 이들의 시선이 정문 쪽으로 향했다.

그곳에는 프로티나 아카데미 학생복을 입은 두 명의 남녀가 있었는데 그중 여자 쪽은 낯이 많이 익은 학생이었다.

"어라? 로리아나 님?"

매혹의 마녀 로리아나.

아카데미 내에서 아르킨 버금가는 인지도를 가진 그녀를 무도회장 내에 있는 이들이 모를 리가 없었다.

그런데 로리아나의 표정이 무언가 이상했다.

불안한 표정으로 무도회장 주변을 두리번거리던 로리아나가 이내 자신의 옆에 서 있던 한 명의 남학생에게 눈짓을 주었다.

그러자 그 눈짓을 주고받은 남학생이 고개를 끄덕이며 이내 크게 외쳤다.

"전원 산개!"

*   *   *

상황은 순식간에 벌어졌다.

갑자기 무도회장에 난입한 로리아나와 퀄러트는 나머지

스물세 명의 호문쿨루스들을 조종해 무도회장을 아수라장으로 만들어 버렸다.

특히나 호문쿨루스들의 무력은 상상을 초월했다.

안전 요원 전원이 호문쿨루스들의 난동을 막기 위해 나섰지만, 몇 십 분도 채 되지 않아 전부 진압되어 버렸던 것이다.

무엇보다 신체 능력이 보통 인간을 뛰어넘은 걸로도 모자라서 마법마저 안 통하는 것은 학생들에게 있어선 큰 충격이 아닐 수 없었다.

결국 무도회장 내의 학생들은 강당의 한구석에 몰려 전원 포박이 되는 상황이 벌어졌다. 그것도 마법을 사용할 수 없게끔 만드는 특수한 포박이었다.

그중 저항하다가 끝내 중상을 입은 아젤리카가 이를 부득 갈며 중얼거렸다.

"크윽. 마법이 통하지 않다니, 대체 뭐하는 녀석들이지?"

"저도 잘 모르겠습니다. 그런데 서로 똑같이 생긴 저 소녀들, 어째 클레첼이랑 닮지 않았습니까?"

매한가지로 저항하다가 적지 않은 상처를 입은 칼리가가 의아한 표정으로 클레첼을 바라보았다.

"그, 그게……."

클레첼은 무언가 말하려다가 이내 고개를 푹 숙여 버렸다.

사실 호문쿨루스들이 난입해서 소동을 벌이는 데 가장 먼저 순순히 포박된 사람이 바로 클레첼이었다.

아젤리카와 칼리가는 모르고 있었지만 클레첼은 자기 분신이자 여동생이나 다름없는 호문쿨루스들을 상대하고 싶지 않았기 때문이었던 것.

한편 포박되지 않은 무리들도 있었다.

"흐응, 뭔가 일이 터진다고 했더니만 이런 걸 말하는 거였느냐?"

"글쎄요. 전 그냥 불길한 예감이 들어서 노파심에 한 말이었는데 정말 일어날 줄은 몰랐군요."

"……"

엘도흐 제국의 제5황녀 세니츠와 펠티크 왕국의 왕태자인 시르비안. 그리고 엘도흐 제국의 텔라피스 공작의 외동아들인 아르킨 만은 포박되지 않고 호문쿨루스들에 의해 따로 포위 형태로 감시되고 있었다.

시르비안은 자기도 피해자인마냥 대처하고 있었지만 세니츠는 이미 이번 소동이 시르비안이 벌였다는 것을 짐작했다.

그럴 수밖에 없는 게 이런 상황에 처했는데도 시르비안은 너무나 태연한 표정을 짓고 있었던 것이다.

게다가 오로지 강한 자만이 왕태자의 자리에 오를 수 있다는 왕좌 싸움에서 왕태자의 자리를 거머쥔 시르비안이었다.

단순히 마법 면만이 아닌 육체적인 능력에서도 발군인 그가 잡으면 잡았지 그렇다고 순순히 잡혀 줄 성미가 아니었던 것.

그런데 세니츠가 보았던 시르비안은 저항하기는커녕 소동이 벌어지는 것을 느긋하게 구경이나 하고 있었다.

"영약한 놈이로구나. 시르비안."

"무슨 말씀을 하시는 건지 모르겠습니다만?"

그저 시르비안은 능글맞게 대처할 뿐이었다.

사실 작정하고 속일 수도 있었겠지만 굳이 시르비안은 그럴 필요성이 없다고 판단했다.

그저 프로티나 왕국의 내란을 일으킬 생각이었으니까.

또한 시르비안은 알고 있었다.

자기네들을 직접 건드리지 않는 한 세니츠와 아르킨은 이 상황을 그저 지켜만 볼 것이라는 것을.

애초에 그들은 프로티나 왕국이 망하든 어떻게 되든 자기 알 바 아닌 이들이니까 말이다.

굳이 시르비안이 발뺌을 하는 것은 괜히 펠티크 왕국이 개입했다는 것이 퍼져 나가 왕국의 명예를 더럽히지 않기 위함일 뿐이었다.

굳이 자신이 직접 나서지 않고 대신 로리아나와 퀼러트를 시킨 것도 그 때문이었고 말이다.

'그나저나 상상 이상이군. 아카데미 스카우트 멤버들이 이렇게나 쉽게 제압당할 줄 말이야.'

프로티나 아카데미에서 가장 강한 전력을 손꼽자면 아카데미 스카우트가 단연 발군이었다. 특히나 그중에서 마법 관련으로 우수한 칼리가와 아젤리카가 단 몇 분 만에 제압된 것은 실로 놀라웠다.

네이젠의 경우는 시르비안 버금가는 무력을 자랑했기에 상당히 고전을 면치 못했다. 하지만 다구리에 장사 없다고 하던가.

열 명 이상의 호문쿨루스들이 달려드니 끝내 네이젠도 치명상을 입고 쓰러져 버리고 말았다.

'태어난 지 얼마 안 된 호문쿨루스들이 이 정도면……. 전투 훈련만 제대로 받으면 최고의 살상 병기로도 쓸 수 있겠군!'

이제 남은 것은 퀄러트와 로리아나가 적당히 퍼포먼스를 펼쳐 주는 것뿐이었다.

'그런데 저 녀석 때문에 상당히 성가시는군.'

시르비안은 여전히 무대 위에 서 있는 채로 남은 호문쿨루스들에게 포위되어 있는 테리언을 바라보았다.

"젠장! 어서 쓰러트리지 않고 뭐하는 거야!"

"퀄러트, 왜 그래?"

"몰라. 이년들 갑자기 명령을 거부하고 있어!"

마지막으로 테리언만 제압하면 되는 상황이었는데 이상하게 호문쿨루스들이 테리언만큼은 접근조차 하질 못하는 것이었다.

로리아나와 퀼러트는 눈치채지 못했으나 호문쿨루스들은 상당히 동요하고 있었다.

로턴과 데니크에 의해 회수된 다른 호문쿨루스들로부터 그 의지가 전해졌던 것일까?

아주 미세했지만 그들의 표정은 상당히 애처로운 느낌마저 묻어났다.

결국 보다 못한 로리아나가 포박 마법으로 테리언을 붙잡으려고 했지만, 그마저도 무용지물이었다.

파스스―

"뭐라고?"

포박 마법이 테리언에게 향하는 순간 마법이 취소되는 현상이 벌어졌던 것.

호문쿨루스들은 명령을 거부하고 마법은 통하지 않는 상황.

결국 보다 못한 로리아나가 폭발해서 소리쳤다.

"어이, 거기 너! 그냥 순순히 잡혀 준다면 다치지는 않을 거야."

"흐음, 싫은데?"

"인질이 다칠지도 모른다고!"

"내가 그런 말에 동요할 정도로 정의의 용사로 보였나?"

"크윽, 망할 놈의 새끼가 보자보자 하니까!"

테리언의 도발에 로리아나가 결국 품속에서 호신용 단도를 꺼내들며 비릿한 미소를 지었다.

"마법이 안 통한다면 육탄전으로라도 제압해 주지!"

"아, 안 돼!"

그 모습에 클레첼이 두 눈을 부릅뜨며 소리쳤다.

로리아나는 기본적으로 마법사였지만 민첩함도 뛰어나다는 것을 알고 있었다.

무엇보다 그 모습을 직접 겪어 보았던 사람이었으니까.

물론 그 당시에 어느 정도 방심했다고는 하지만 기본적으로 로리아나의 민첩함은 보통 사람 수준 이상이라고 볼 수 있었다.

적어도 무술 계열의 클레첼에게 육탄전으로 기습을 노릴 수준이니까 말이다.

샤악— 샤악—

조용해진 강당 내에 로리아나의 단도가 파공음을 내며 테리언을 향해 쇄도하기 시작했다.

직접적인 마법 공격은 통하지 않는다는 걸 깨달은 로리아나는 대신 자기 체내에 버프 마법을 걸어 테리언을 상대하기 시작했다.

그나마 테리언도 못지않은 몸놀림을 발휘해 치명타는 피해 내고 있었지만 마법으로 육체 능력을 올린 로리아나의 공격을 전부 피해 내진 못했다.

"크윽!"

왼쪽 팔을 시작으로 군데군데 자잘한 생채기가 생기던 테리언이 돌연 뒤로 물러나다가 오른 다리를 삐끗했다.

그 바람에 뒤로 엉덩방아를 찧으며 넘어지자 로리아나가 눈빛을 빛내며 단도를 하늘 높이 치켜들었다.

세니츠와 아르킨을 제외하면 다른 이들은 불가피할 경우 죽여도 된다는 시르비안의 말이 있었기에 로리아나의 공격에는 한 치의 망설임도 없으리라.

"안 돼에에에에에!"

바로 그 순간 포박된 무리 쪽에서 비명이 터져 나오며 누군가가 뛰쳐나왔다. 감시를 하고 있던 호문쿨루스들도 뒤늦게 움직임을 알아차렸을 정도로 그 속도는 무지막지하게 빠르기 그지없었다.

"앗!"

그 정체는 다름 아닌 리엘로트!

로리아나들이 정신이 팔린 사이 다른 이들의 도움으로 인해 포박에서 풀려 날 수 있던 그녀가 순간 이동 마법을 사용해 로리아나를 향해 달려들었다.

뒤늦게 상황을 알아차린 퀼러트는 테리언을 포위하고

있던 호문쿨루스들에게 명령했다.

"저, 저년을 막아!"

그러나 순간 이동을 하는 리엘로트 쪽이 한 수 빨랐다.

어느새 테리언 근처까지 다다랐지만 이미 로리아나는 단도를 테리언을 향해 내리꽂으려는 상황!

로리아나를 저지하기엔 너무 늦었다.

그리고 마침내 로리아나의 단도가 한차례의 번뜩임과 함께 테리언의 복부를 향해 쇄도했다.

푸슉!

"……!"

"크웃……."

"어……?"

로리아나의 단도는 정확히 복부를 꿰뚫었다.

그러나 그 복부는 테리언의 복부가 아니었다.

"리, 리엘로트!"

포박되어 있던 무리 쪽에서 로리에가 비명에 찬 소리를 내질렀다.

"……."

테리언은 리엘로트의 복부에서 흘러나오는 피가 서서히 무대 바닥을 적셔 가는 모습을 멍하니 바라보았다.

마치 사고 회로가 정지된 사람마냥.

생기를 잃은 눈동자로 서서히 의식을 잃어 가는 리엘로

트의 얼굴을 바라보며 중얼거렸다.

"어, 어째서……."

리엘로트는 아무런 말도 하지 않았다.

그저 쓰라린 아픔 속에서도 애써 쓴웃음만을 지어 보일
뿐이었다.

바로 그때였다.

"여기입니다, 단장님!"

"저번에 보았던 그 무리들입니다!"

정문 쪽에서 누군가의 외침이 들려왔다.

정문을 바라보니 그곳에는 놀랍게도 프로티나 왕궁 마
법단의 복장을 차려입은 마법사들과 프로티나 왕궁의 정
규 병사들이 대거 몰려 들어오고 있었다.

그 모습에 로리아나는 깜짝 놀라며 뒤로 물러났고, 퀄
러트는 허겁지겁 호문쿨루스들에게 명령해 그들과 서로
대치하게 만들었다.

그렇게 일사불란하게 물밀듯이 들어오는 왕궁 마법단과
프로티나 왕국 정규군들, 그리고 무리의 중앙에서 길이
트이더니 마침내 두 명의 남자가 나타났다.

그중 하나는 왕궁 마법단장인 칼레이돈.

그리고 나머지 한 남자는 프로티나 왕국의 주민이라면
대다수가 알고 있는 유명한 존재!

"로리아나 델만, 퀄러트 에델릭. 금지된 연금술을 행한 것과 관문소에서 인명 피해를 입힌 그대들을 체포하러 왔다."

"카, 카르반 남작님이시다!"

프로티나 왕국 최고의 기사이자 대륙에서 열 손가락 안에 꼽힌다는 강자인 카르반이었다.

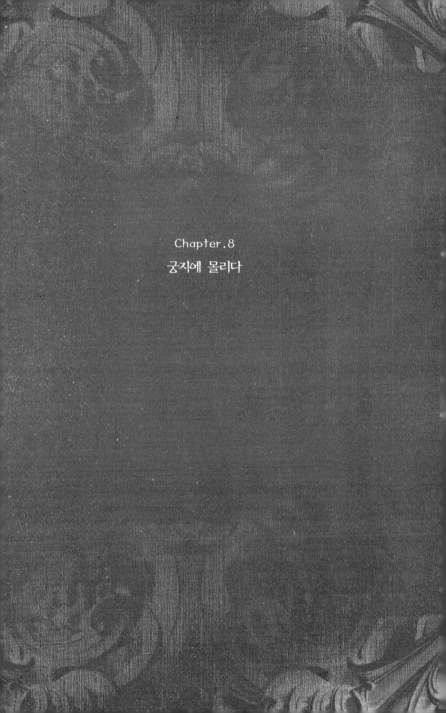

Chapter.8

궁지에 몰리다

"카르반 남작이 오셨어!"

"됐어! 드디어 살 수 있어!"

카르반 남작의 등장에 학생들은 열광했다.

무엇보다 하르카 대륙의 기사들 중에서 열 손가락 안에 꼽히며 프로티나 왕국 내에서는 최강이라 불리는 그가 아니던가!

"섣불리 움직이면 인질은 모조리 죽여 버린다!"

학생들의 환호에 당황한 퀼러트가 컨트롤러를 쥔 채 위협하듯 소리쳤으나 이미 그의 목소리에서는 두려움이 가득 담겨 있었다.

분명히 호문쿨루스들은 보통 인간을 뛰어넘는 전투력을

가졌다.

전투 경험이 별로 없는 이들과 대전한다면 무지막지한 강자로 보이겠지만 전투 경험이 노련한 이들과 대면한다면 이야기가 달라진다.

무엇보다 이번엔 프로티나 왕국의 정규병까지 몰려온 상태.

'젠장. 이럴 줄 알았으면 조금이라도 흑정액을 남겨 놨어야 했는데⋯⋯.'

로리아나는 낭패감 어린 표정을 지었다.

흑정액은 단순히 마법사에게만 영향을 끼치는 것이 아니다. 기를 활용하는 기사들도 엄연히 마나였기에 역시 흑정액의 영향에 끼쳤다.

만약 관문소에서 흑정액을 다 쓰지만 않았더라도⋯⋯.

문득 그런 생각이 들었던 로리아나였지만 이내 고개를 저었다.

'아냐. 만약 있다 하더라도 지금 이 상황에선 흑정액만으로 상황을 역전시킬 수는 없어.'

게다가 관문소에서의 격돌 당시에는 왕궁 마법단 만을 상대했기 때문에 쉽게 제압할 수 있었다. 그러나 지금은 왕국의 정규병까지 합세한 상태.

애초에 마법사는 아군을 지원하는 식으로 싸우는 것이 더 빛을 발한다.

안 그래도 다수의 전투에 특화된 정규병인데 왕궁 마법단까지 합세한다면 아무리 호문쿨루스들이라도 상대가 되지 않으리라. 특히나 전투 훈련도 받지 않은 호문쿨루스들이니 말이다.

혹시나 싶어 로리아나는 구원을 요청하는 눈빛으로 시르비안을 쳐다보았지만 그는 한심하다는 듯한 표정을 지으며 이내 시선을 외면할 따름이었다.

'아! 그러고 보니!'

퍼뜩 떠오른 한 가지 생각에 로리아나는 고개를 돌려 레이시라를 바라보았다.

그녀 역시 무대 위에 서 있던 상태.

다행히도 호문쿨루스들의 난입이 벌어졌을 때 가만히 있었기에 따로 건드리진 않았지만, 애초에 이번 일의 최종 목표가 레이시라의 사살이었다.

'하지만 혼자로썬 무리야. 어떻게 하면······.'

주변을 둘러보던 로리아나는 문득 레이시라를 부축하고 있는 테리언을 발견하고는 번뜩 좋은 생각을 떠올렸다.

"어이, 거기 너. 그년을 살리고 싶다면 순순히 내 말을 따르는 게 좋을 거야."

"뭐?"

"지금 그년은 목숨이 위험할 정도로 치명상을 입었어.

꽤나 깊숙이 찔렸으니 내장까지 파열되었겠지. 몇 분 내로 치료 마법을 써 주지 않으면 죽을 거야."

"그럼 어떻게 하면······!"

"저기 서 있는 레이시라를 인질로서 잡아 와. 아까 너 보니 마법이 통하지 않는 기묘한 힘을 가지고 있던데 너라면 상대할 수 있겠지?"

"······!"

테리언은 무대 한편에 멍하니 서 있는 레이시라를 보며 잠시 갈등했다.

이미 너무 많은 피를 흘려 기절한 리엘로트.

로리아나의 말 대로 응급처치라도 하지 않는다면 몇 분 내로 리엘로트는 죽음에 맞이할 것이다.

오래 시간을 끌 수가 없는 상황.

테리언은 어쩔 수 없이 고개를 끄덕였다.

"······알겠어. 대신 바로 리엘로트를 치료해 줘. 그럼 네 말 대로 할 테니까."

"대신 허튼 짓을 한다면 다시 상처를 재발시킬 거니까 딴생각 하지 말라고."

그리고는 리엘로트에게 다가가 위급 상황만 모면할 정도로만 치료 마법을 시전했다. 그러나 일부러 지혈까지는 하지 않았다. 혹시 리엘로트가 되살아나 반격이라도 하면 곤란했으니까.

테리언이 멍하니 보고 있자 로리아나가 살기등등한 눈빛으로 노려보았다.

"지혈까지 바란다면 어서 데리고 오시지? 이제 당장 죽을 정도로는 아니니까."

"……."

두 주먹을 쥐던 테리언은 하는 수 없이 등을 돌려 레이시라를 향해 다가가기 시작했다.

로리아나가 무슨 짓을 하려는지 모르겠지만 지금 상황에서 테리언에게 선택권은 없었다.

여전히 왕궁 마법단과 정규병들은 호문쿨루스들과 일촉즉발의 상황이었고 현재로썬 그들이 구하러 올 때까지 시간을 끌 수 없었다.

하지만 그랬다간 리엘로트의 목숨이 위험해질 테니까 말이다.

저벅저벅.

그녀에게 다가가던 테리언은 다섯 걸음 정도를 남겨두고서 잠시 멈추며 레이시라를 지긋이 바라보았다.

꽤나 오랜만이었다.

처음 레이시라와 대면했을 때가 로렌스카 마을의 대로…….

'아니. 레이시라 공주님의 방에서였지.'

여전히 남의 기억처럼 어색하게만 느껴졌지만 테리언은

확실히 그 꿈이 '기억' 이라고 예상했다.

하지만 한 가지 이상한 점이 있었다.

만약 그 꿈이 진짜 자신의 기억이라면 레이시라 역시 자신을 기억했어야 정상이었다.

그런데 레이시라는 처음 로렌스카 마을의 대로에서 만났을 땐 테리언을 보고서도 아는 척을 하지 않았다.

가슴을 만지고 난 후에 약간의 표정 변화는 있었지만 그 후 병사들의 저지로 인해 그 후로는 어떻게 되었는지 모른다.

"공주님……."

"……."

테리언과 마주 보는 레이시라의 눈빛은 여전히 빛이 없었다. 테리언을 쳐다보고 있지만 마치 느낌은 딴 사람을 쳐다보는 듯한 기분이었달까.

그 순간 테리언은 확인해 보고 싶다는 생각이 들었다.

정말 자신이 꾸었던 그 꿈들이 '기억' 이 맞는지를.

"그날에 대해 기억……."

펄럭.

그 순간 성대하게 열린 정문 너머로 바람이 불어오더니 무대 가장자리에 쳐져 있던 커튼이 펄럭이더니 무대의 구석진 자리에 서 있는 레이시라의 모습이 드러났다.

여태까지 레이시라는 무대 구석에서 커튼에 가려진 채 가만히 있었기에 눈에 띄지 않았던 것이다.

"앗! 저기에 공주님이 계신다!"

"뭐라?"

한 병사의 외침에 카르반도 덩달아 놀랐다.

국왕의 명령으로 인해 정규병을 이끌고 아카데미에 오긴 했다. 안 그래도 레이시라가 아카데미로 향했다는 사실은 알고 있었으나, 설마 레이시라가 이 난장판 속에 있을 줄은 전혀 예상하지 못했던 것이다.

그러나 그 병사의 외침은 팽팽하게 잡아당겨지고 있던 긴장의 끈을 끊어 버리고 말았다.

경계 태세를 취하던 호문쿨루스들이 병사의 외침에 놀라면서 공격을 하려는 행위로 간주하고 먼저 달려들었기 때문이었다.

"앗! 잠깐만!"

뒤늦게야 상황을 파악한 퀄러트가 다시 수습하려고 했지만, 이미 상황은 난전이 벌어지고 난 후였다.

"모든 병사들은 수비 진형으로 바꾸어라! 절대로 저 소녀들을 죽여선 안 된다!"

그러나 예상 외로 카르반은 공격이 아닌 수비를 택했다.

사실 카르반은 칼레이돈을 통해 저 소녀들이 호문쿨루

스들이란 것을 전해들은 상태였다. 그리고 절대로 죽여선 안 된다는 말도 들은 상태.

그렇게 병사들이 방패를 들고 뒤에 서 있던 마법사들은 병사들에게 각종 지원 마법을 걸어주었다.

"젠장, 뭐하는 거야! 어서 빨리 레이시라를 데리고 오라고!"

상황이 점점 악화되어 가는 것을 느낀 로리아나가 테리언을 향해 다급히 소리쳤다.

아무리 호문쿨루스들이라고 해도 장시간 전투를 감행하면 지칠 수밖에 없다. 애초에 그들은 인간의 육체를 지니고 있으니까 말이다.

만약 호문쿨루스들이 체력이 다해 전투 불능 상태가 된다면 퀄러트와 로리아나는 꼼짝없이 체포당해야 하는 상황!

이미 상황은 충분히 시선을 끌었다고 볼 수 있었다.

무엇보다 카르반 남작이 나타났으니 오히려 필요 이상으로 주의를 끈 것이나 다름없는 상태.

이제 로리아나에게 남은 것은 저들이 보는 앞에서 레이시라를 죽이고 도망치는 것뿐이었다.

'하지만 왠지 시르비안이 쉽게 도와줄 것 같지 않단 말이지.'

말로는 도와준다고 했으나 로리아나는 그다지 시르비안

을 신용하지 않았다.

그저 시르비안이 주도권을 잡고 있는 입장이었기에 굽실거린 것이었을 뿐.

즉, 스스로 탈출하기 위해선 아직 호문쿨루스들의 체력이 남아 있을 때 왕궁 마법단과 정규병들의 시선을 잡아놓게 만들고 도망가는 수밖에 없었다.

그러나 테리언이 여전히 레이시라에게 다가가지 못하고 꾸물거리자, 보다 못한 로리아나가 일부러 리엘로트의 상처를 다시 벌렸다.

"아아아아아아아악!"

그러자 끔찍한 고통에 정신이 번쩍 든 리엘로트가 비명에 찬 소리를 내질렀다.

테리언이 식겁하며 돌아보았지만 로리아나는 그가 말할 틈도 주지 않은 채 살기등등하게 노려보며 경고했다.

"어서 그녀를 데리고 오는 게 좋을 거야. 이년이 죽고 싶은 모습을 보고 싶은 건 아니겠지?"

"아, 알았다고!"

더 이상 시간을 끄는 것을 불가능하다고 판단한 테리언은 성큼성큼 레이시라를 향해 다가갔다.

그렇게 그녀의 손을 잡아챘으나 이상하게도 레이시라는 아무런 반응도 보이지 않았다.

여전히 멍한 눈빛으로 테리언을 쳐다보기만 할 뿐이었다.

마치 무언가를 기다리고 있는 듯한 분위기랄까?

'진짜 왜 이러시는 거지?'

테리언에게 있어선 순순히 잡혀 주어서 다행일 따름이었지만 왜 이런 반응을 보이는지 영문을 알 수 없을 따름이었다.

그리고 마침내 테리언이 레이시라를 이끌고 다가오자 로리아나의 표정이 환해졌다.

"좋아, 빨리 오라고!"

"그전에 일단 리엘로트는 다시 치료해 줘!"

"얼른 내놓기나 하라고!"

"지금 상황이 긴박한 게 누구인데!"

"망할 놈의 새끼가……."

이를 부득 가는 로리아나였지만 계속 실랑이를 벌여 봤자 로리아나에게 있어서 하나도 득 될 것이 없었다.

결국 혀를 차며 다시금 리엘로트의 상처를 아물게 만들었다.

"자, 이제 됐으니까 어서 레이시라를……."

"로리아나!"

그때 퀄러트의 외마디의 외침이 들려왔다.

그와 동시에 로리아나는 거대한 기운이 자신을 향해 다

가옴을 깨닫고는 흠칫 놀라며 순간 이동 마법으로 뒤로 물러났다.

그러자 로리아나가 서 있던 자리에 검신이 번뜩이며 반원을 그었다.

"네 이년! 감히 내 눈앞에서 무슨 수작을 벌이려는 것이냐!"

"카, 카르반!"

어느 샌가 진형을 뚫고 들어온 카르반이 살벌한 표정으로 검에서 기를 내뿜었다.

로리아나의 경지로써는 도저히 카르반을 상대할 수 없다. 행여나 상대한다 하더라도 로리아나에게 있어서 시간을 끌 여유조차 없는 상황.

퀼러트에게 도움을 요청할까도 했지만 이미 모든 호문쿨루스들이 왕궁 마법단과 정규병들을 상대하느라 여념이 없었다.

카르반이 로리아나를 노려보며 말했다.

"너희들은 이미 왕국에서 지명수배가 내려졌다. 더불어 생포할 수 없다면 사살하라는 명령까지 내려진 상태지. 죽기 싫으면 얌전히 투항해라!"

"젠장……."

카르반이 저렇게 레이시라를 막고 떡 하니 서 있는 이상 레이시라를 죽이는 것은 더 이상 무리였다.

비록 작전 실패는 뼈아팠지만 왕국에 잡혀서 감옥살이를 하는 것에 비하면 지금으로썬 도망치는 것만이 살 길이었다.

"빌어먹을!"

로리아나는 손에서 마력 구체를 생성해 내더니 그대로 카르반을 향해 내던졌다.

카르반이 구체를 막아 내기 위해 잠시 주춤하는 틈을 타 로리아나는 재빨리 순간 이동 마법을 써서 호문쿨루스들을 제어하고 있는 퀄러트에게 다가갔다.

퀄러트는 갑자기 로리아나가 자신의 옆에 나타나자 깜짝 놀라며 물었다.

"로리아나? 고, 공주는?"

"지금 그게 문제야! 우리까지 다 잡혀가게 생겼다고!"

"그럼 어떻게 하게?"

"호문쿨루스들의 능력 발현 수치를 최대치까지 끌어올려!"

그러자 퀄러트가 깜짝 놀라며 대답했다.

"그, 그럼 안 그래도 짧은 수명이 더 줄어들 텐데?"

"이 호문쿨루스들은 버린다."

"하지만 그러면 시르비안과의 거래는……."

"멍청아! 저들에게 잡히면 다 물거품이 되잖아! 일단 도망가고 나서 후일을 기약하는 수밖에 없다고!"

게다가 시르비안 꼴을 보아하니 전혀 도와줄 기색이 보이지 않았다. 행여나 무리해서 레이시라를 죽인다 하더라도 그가 과연 길을 열어 줄지나 의문이었다.

애초에 시르비안과 로리아나는 서로를 신용하지 못하고 있었으니까.

"어쩔 수 없나."

퀼러트는 못내 미련에 찬 눈빛으로 호문쿨루스들을 바라보더니 이윽고 컨트롤러를 꺼내 들었다.

그리고는 컨트롤러에 마나를 주입하며 주문을 읊조리자 정규병들과 난전을 펼치던 호문쿨루스들의 공격이 갑자기 거세졌다.

"좋아. 저 정도면 어느 정도 발을 묶어 둘 수 있겠지!"

이제 남은 것은 도망치는 것뿐이었다.

로리아나는 땅딸막한 퀼러트를 허리를 끌어안아 들어 올리더니 연달아 순간 이동 마법을 쓰며 후문 쪽으로 도망쳤다.

그러나 로리아나가 후문을 열기 무섭게 그쪽에도 대거의 정규병들이 진을 치고 있었다.

"어딜 가려느냐!"

"칫, 이건 어쩔 수 없겠군."

그러나 강당에서처럼 많은 정규병들이 있는 것은 아니었다. 게다가 왕궁 마법단원들도 그리 많지 않은 상황.

그렇다고 상대할 수 있는 수준은 아니었지만, 탈출로를 만드는 것에 있어선 로리아나게 있어선 어렵지 않은 일이었다.

쿠오오오—

로리아나는 마나를 쥐어짜더니 허공에 지름이 10m나 되는 거대한 화염구를 생성했다.

이윽고 멸망의 운석이 정규병들을 향해 떨어지자 지휘관으로 보이는 한 남자가 소리쳤다!

"멸망의 운석이다! 모두 방어 태세!"

과거 제라크가 사용했던 멸망의 운석보다 무려 3m나 더 넓은 면적을 자랑하는 멸망의 운석!

무엇보다 흑마력까지 끌어올려 사용한 것이었기에 면적뿐만이 아니라 위력마저 배가 된 멸망의 운석이었다.

한 편 왕궁 마법단원들이 황급히 방어 마법을 치면서 멸망의 운석을 막아 내는 동안 로리아나는 그 틈을 타 순간 이동 마법으로 강당을 빠져나가 버렸다.

＊　　　　＊　　　　＊

무도회장에서 카르반 대신 병사들을 통솔하던 칼레이돈은 병사들로 부터 로리아나와 퀼러트가 도주했다는 사실을 전해 들었다.

하지만 칼레이돈은 걱정하지 말라고 대답했다.

"어차피 그들은 절대로 수도를 빠져나갈 수 없으니까."

무엇보다 세상에서 가장 든든한 존재가 그들을 추격하고 있을 테니까 말이다.

호문쿨루스들의 공격이 거세져서 약간 힘을 들이긴 했지만 왕궁 마법단이 적극적인 지원을 해 주고 있었기에 아직까진 별다른 피해는 없었다.

게다가 공격이 거세진 것도 아주 잠깐이었을 뿐, 그들은 호문쿨루스들의 공격이 점차 약화되어가고 있다는 것을 깨달았다.

한편 카르반은 포박되어 있던 학생들을 풀어 주고 난후 다시금 무대 위로 올라서 테리언을 향해 다가갔다.

"오랜만이구나."

"그러네요. 잘 지내셨는지 모르겠네요."

"잘 지냈을 것 같으냐?"

"표정을 보아하니 아닌 거 같네요."

테리언으로 인해 명예가 실추된 건 물론이며 레이시라를 찾아다니러 사방팔방을 헤매기까지 했다.

이를 갈면 갈았지 카르반은 결코 테리언을 좋게 보고 있지 않았다.

특히나 사람들 보는 앞에서 레이시라의 가슴을 대뜸 만졌는데, 악감정을 가지고 있지 않은 것만으로도 많이 참았다고 볼 수 있었다.

"그 모습을 보아하니 왜 폐하가 네 녀석에게 관심을 가졌는지 알 것 같구나."

"네?"

"너. 공주님과 무슨 관계지?"

"그건……."

쉽게 대답할 수 있는 질문이 아니었다.

분명 테리언은 전부터 레이시라를 알고 있었다. 그러나 이건 어디까지나 자기 생각일 뿐, 남들에게도 단언할 정도로 확실한 것은 아니었다.

테리언이 대답을 뜸들이자 카르반이 말했다.

"숨길 생각 버리는 게 좋을 거다. 공주님은 여태까지 그 누구에게도 마음을 열지 않으셨다. 심지어 누가 말을 걸든 일체 반응도 하지 않으셨던 분이야. 그런 분이 너에게만은 특별한 반응을 보이셨다. 이러고도 아무런 사이가 아니라는 게 말이 된다고 생각하나? 다시 묻겠다. 정말로 너는 공주님과 아무 관련이 없는 것이냐?"

"저는……."

테리언은 문득 레이시라를 바라보았다.

레이시라는 여전히 테리언을 주시하고 있는 상태였다.

이제야 안 사실이지만 레이시라의 손에선 조금이나마

힘이 들어가 있었다.

테리언이 잡아채려고 준 힘으로 손을 맞잡고 있는 것만이 아닌, 레이시라 역시 손을 잡기 위해 어느 정도 힘이 들어갔다는 것이다.

그냥 저항할 생각이 없었던 것이라면 이미 진즉에 손이 힘이 풀려서 떨어졌을 테니까.

그렇게 레이시라의 눈동자를 가만히 쳐다보던 테리언은 문득 두통을 느끼고는 미간을 찌푸렸다.

그러나 이번엔 아까 전의 두통과는 무언가 달랐다.

사실 아까 연극할 때부터 조금씩 머리가 지끈거리긴 했지만 신경 쓸 정도는 아니었다.

하지만 시간이 지날수록 점점 강도가 강해지더니 이윽고 말을 더듬는 실수를 저질렀을 당시에는 머리가 아프기까지 했다.

그런데 이번엔 그 두통의 강도가 순식간에 강해졌다고 해야 하나.

"으윽, 으으으윽. 끄으으으!"

"왜 그러지?"

이내 테리언이 머리를 감싸 쥐며 신음을 낼 정도가 되자 카르반이 한쪽 눈썹을 추켜세웠다.

여태까지 잘 있다가 갑자기 머리를 감싸 쥐니 카르반에게 있어선 황당하기 짝이 없을 따름이었다.

그런데 어느 순간에 갑자기 테리언의 신음이 멈추었다.

"……."

머리를 감싸 쥐고 있던 두 팔이 힘없이 추욱 늘어졌다.

그러고는 고개를 숙인 채 한참을 가만히 있었다.

아무런 미동도 없이, 아무런 말도 없이.

마치 고장 난 인형처럼.

결국 기다리다 못한 카르반이 테리언에게 다가가려던 바로 그 순간이었다.

여전히 고개를 숙이고 있던 테리언의 두 팔이 돌연 움직이더니 뜬금없이 레이시라의 두 가슴을 움켜쥐는 것이 아닌가?

그 모습을 본 카르반은 이내 얼굴이 와락 구겨졌다.

"네, 네 이놈! 지금 무슨 짓을 하는……."

"기다…… 렸지?"

"뭐, 뭐라?"

"기다리게 해서…… 미안해……."

잠시 멈칫하던 카르반은 그 말이 자신에게 하는 것이 아님을 깨달았다.

게다가 카르반이 멈칫한 이유는 단순히 그 때문만은 아니었다.

테리언의 주변에서 알 수 없는 마나의 요동이 치기 시

작한 것이었다.

그 기운은 여태까지 그가 느껴 왔던 기운과는 차원이 다른 범접할 수 없는 무언가였다.

'뭔 일이 일어나고 있는 거지?'

마나의 요동과 함께 테리언의 머리카락이 잠시 공중에 뜬 것 마냥 둥실거렸고, 옷은 바람에 의해 펄럭였다.

여전히 눈을 감고 있는 상태였던 테리언.

그런 그에게 변화가 일어난 것은 레이시라의 안색이 바뀌던 때부터였다.

"오라버니……!"

그 순간 테리언의 체내에서 눈부신 빛이 폭사되었다.

카르반조차도 제대로 눈을 뜨고 볼 수 없을 정도로 찬란한 빛에 카르반은 물론이며 무도회장 내에 있던 모두가 두 눈을 질끈 감아야 할 정도로 눈부신 빛이 쏟아졌다.

샤아아아—

무도회장 전체에 퍼져 나가던 강렬한 빛은 한참이 지나고 나서야 마침내 수그러들었다.

"으으. 뭐가 어떻게 된 거지?"

"갑자기 무대 쪽에서 이상한 빛이…… 어?"

그제야 하나둘씩 눈을 뜨기 시작한 사람들.

그중 정규병들과 왕궁 마법단의 시야에 보인 것은 맹렬

한 공격을 퍼붓던 호문쿨루스들이 힘없이 바닥에 축 늘어진 모습이었다.

그리고 한창 무도회장을 주시하던 학생들의 시야에 보인 것은……

"돌아오면…… 가슴을 만져 주겠다고 약속했었지?"

"오라버니……."

"미안해, 많이 늦었지?"

마법 조명에 의해 반짝이는 백금발.

그리고 그와 어울리는 보석 같은 사파이어빛 눈동자.

"테리언…… 님?"

리엘로트는 믿을 수 없다는 표정을 지었다.

현재 무대에 서 있는 저 백금발의 소년은 분명히 테리언이었다.

하지만 테리언이 아니었다.

그럴 수밖에 없는 것이 원래의 테리언은 그저 거무칙칙한 흑발에 검은 눈동자였기 때문이었다.

그런데 지금 무대에 서 있는 저 소년은 백금발에 푸른 눈동자를 가지고 있었다.

게다가 그걸로도 모자라서 외모도 전과는 비교도 할 수 없을 정도로 달라진 상태였다.

더 보태자면 아르킨의 외모와 견줄 만한 수준으로 변화했다.

"공…… 주님?"

가장 믿을 수 없어 해 하는 대상은 무엇보다 카르반이
었다.

지금 그의 시선에 보이는 레이시라는…….

행복해하고 있었다.

그리고 웃고 있었다.

과거 그의 친오빠가 죽은 이후로는 두 번 다시 볼 수
없을 것만 같았던, 완전히 굳게 잠겨 버렸을 거라고 생각
했던 그녀의 마음이…….

활짝 열려 있던 것이었다.

테리언은 그런 레이시라를 다정하게 안으며 푸근한 미
소를 지어 보였다.

"다녀왔어. 레이시라."

*　　　*　　　*

테리언의 모습이 변화하기 전.

로리아나와 퀼러트가 도주하고 난 후의 때였다.

포박에서 풀린 학생들이 안도의 한숨을 내쉬고 있을 때
아르킨은 무대에 올라가 피를 흘리고 쓰러져 있는 리엘로
트를 멍하니 바라보고 있었다.

같은 선도부원들과 테리언 일행이 그녀에게 다가가 애

써 치료 마법을 시전해 주고 있었지만 리엘로트의 상처는 이미 상당히 심각할 정도로 변질된 상태였다.

무엇보다 단도가 내장까지 파열시켰기에 신관의 치료가 아니면 완쾌가 불가능할 수준까지 이른 상태였다.

모두가 힘을 합해 치료 마법을 시전하고 있었으나 고작해야 목숨을 연명하고 있는 것에 지나지 않았다.

'바보 같은 년. 자기가 좋아하는 남자도 아니면서 남을 위해서 그렇게 희생하다니 정말 어리석구나.'

아르킨은 로리에가 테리언에게 연심을 품고 있다는 것을 눈치 채고 있었다. 또한 리엘로트 역시 로리에의 마음을 잘 알고 있는 듯했고 말이다.

결국 로리에를 위해서였던 것이다.

테리언이 죽으면 로리에가 다시금 쓸쓸해할 것이기에.

'친구'를 위하여 몸을 던진 것이었다.

'친구가 대체 뭐라고…….'

아무리 친구가 중요하다 하지만 결국 자신이 죽으면 죽도 밥도 안 되는 것이 아닌가?

일단 나 자신부터 챙긴 후에 누군가를 걱정하든가 말든가 하지 왜 저렇게 살신성인을 해야 한단 말인가?

아르킨은 도저히 이해할 수 없었다.

불과 몇 주 전까지만 해도 말이다.

"어떻게 하면 좋지? 전혀 상처가 아물지를 않아."

"일단 저기 계신 왕궁 마법단원 분들이 끝낼 때까지 만이라도 우리들끼리 버텨야……."

"비켜라."

리엘로트를 둘러싸고 치료 마법에 열중이던 그들의 앞에 어느덧 아르킨이 다가왔다.

그의 등장에 몇몇은 흠칫 놀라며 뒤로 물러섰지만 테리언 일행들은 무슨 용건이냐는 듯 아르킨을 노려보고 있었다.

특히나 가장 살벌한 눈빛을 띄고 있는 대상은 다름 아닌 로리에였다.

아르킨과 리엘로트가 자주 부딪힌다는 사실은 로리에도 잘 알고 있었기 때문이다.

아르킨이 로리에를 바라보며 말했다.

"뭘 그렇게 노려보지? 이런 상황에서 내가 해코지라도 할 거 같나?"

"그럼 뭐 하러 왔죠?"

"치료해 주러 왔다. 너희 같은 애송이들은 지연시키는 것밖에 더 안 돼."

"당신이 말입니까?"

로리에는 어처구니없다는 표정을 지었다.

다른 이들이라면 반갑다고 환영해야겠지만 그 대상이

하필 아르킨이라니?

게다가 서로 못 잡아먹어서 안달이던 사이일 텐데 무슨 낯으로 왔단 말인가?

그러나 아르킨은 표정 변화 없이 가볍게 어깨를 으쓱이며 대답했다.

"사람 죽어 가는데 물불 가릴 처지인가?"

"큭……."

아르킨이 할 말은 아니었지만 유감스럽게도 그의 말에 틀린 말은 없었다.

게다가 지금 리엘로트의 처지는 아르킨 같은 수준의 마경력을 가진 이가 아니면 위기를 넘기기 힘들었으니까.

그나마 로리에가 리엘로트를 치료하는 이들 중에서 마경력이 높았기에 간신히 죽지 않을 정도로만 유지시키고 있을 따름이었다.

그러나 아르킨은 다를 것이다.

아르킨과 로리에가 같은 A반이긴 했어도 사실상 마경력의 차이로써는 아르킨이 압도적으로 높았다. 원래는 진즉에 S반에 소속될 수 있었을 인물이었지만 본인이 거부했기에 일부러 A반에 남아 있던 아르킨이었으니까 말이다.

로리에가 분한 표정으로 뒤로 물러나자 아르킨은 무릎

을 반쯤 꿇으며 리엘로트를 굽어보았다.

그리고는 치료 마법을 시전하기 위해 단도로 찔린 복부로 손을 뻗는데 문득 리엘로트가 힘겹게 눈을 뜨며 말했다.

"당신…… 이 어째서……."

"아직 깨어 있었나."

"무슨 바람이…… 났기에……."

"하, 그런 상황에서도 자존심 부릴 여유가 있나? 오히려 치료해 달라고 넙죽 빌어야 할 상황일 텐데?"

"누가…… 당신 따위에게…… 목숨을 구걸해야……. 쿨럭!"

리엘로트가 피를 토해 내자 주변에 서 있던 이들이 깜짝 놀라며 다가오려 했지만 아르킨이 손을 들어 저지했다.

그리고는 다시 리엘로트를 바라보며 마침내 치료 마법을 시전하기 시작했다.

"그래. 그래야 내가 아는 리엘로트답지."

"그…… 그게 무슨……?"

솔직히 아르킨은 매우 실망했었다.

그 어떠한 상황에서라도 의지를 꺾지 않으며 상대가 누구라 하더라도 자존심을 굽히지 않는 철혈의 소녀.

리엘로트 아르시아.

처음 리엘로트를 만났을 때 자신에게 보였던 그 당돌함

에 아르킨은 신선한 기분을 느꼈었다.

여태까지 그 어느 여자도 자신에게 반항하거나 눈을 부라린 적이 없었으니까.

그때에는 그저 먹잇감도 발악해야 잡는 맛이 난다며 비아냥거렸다.

쉽게 쉽게 끝나면 재미가 없을 테니까……

그렇게 생각했었다.

그렇게 치부했었다.

하지만 그건 단순히 인정하기 싫었던 것일 뿐이었다.

가슴속 한구석에서 느껴지는 아련함.

아르킨은 그 감정을 철저히 부정하고 있던 것이다.

그러다가 어느 순간에 리엘로트가 마음대로 하라며 순종적으로 나오자 그 부정하고 있던 감정이 폭발하는 것을 느꼈다.

아르킨이 리엘로트에게 가졌던 감정.

아이러니하게도 아르킨은 철혈의 소녀라는 존재에게 사랑에 빠져 버리고만 것이었다.

그런데 그것이 자신으로 인해 부서지고 말았다.

리엘로트와 테리언이 같이 있는 모습을 보았을 때 아르킨은 분노를 느꼈다.

처음엔 자신도 왜 그러는지 몰랐으나 이제는 알게 되었다.

그것은 바로 철혈의 소녀라는 이미지와 달라졌기 때문.

아르킨이 아는 리엘로트는 결코 가벼운 마음으로 누군가와 사랑을 할 존재가 아니다.

물론 리엘로트가 테리언과 이런저런 관계가 아니라는 것 또한 알고 있었다.

하지만 리엘로트가 테리언과 다정하게 있는 모습이 화가 났다.

그녀를 사랑했기에 그런 감정을 느낀 것이었다.

바로 '질투'라는 감정을.

'내가 이런 여자에게?'

아르킨은 여전히 스스로에게 끊임없이 질문을 던지고 있었다.

부러울 것 하나 없는 자신이 뭐가 부족해서 리엘로트 같은 여자를 사랑한단 말인가?

그러나 방금 전 리엘로트가 보인 쌀쌀맞은 모습.

그것은 틀림없는 아르킨이 사랑했던 철혈의 소녀의 모습이었다.

그리고 그 모습을 본 아르킨은 그동안 허무했던 마음이 일순간에 사라지는 것을 느꼈다.

이윽고 인정하고 만 것이다.

그동안 자신이 일부러 진실 된 감정을 숨겨 오고 있었

다는 것을.

샤아아아―

아르킨이 치료 마법을 시전하자 리엘로트의 꿰뚫린 복부가 눈에 보일 정도로 빠르게 아물기 시작했다.

파열되었던 장기들을 시작으로 부터 주변 살갗까지. 심지어 흉터마저 없을 정도로 깨끗히 복원시켰다.

모두가 힘을 합쳐도 지혈을 하는 것이 고작이었던 것에 비해 아르킨은 단 삽시간 만에 리엘로트의 상처를 완벽하게 치료해 버린 것이었다.

애초에 아르킨은 남들과는 달리 엘도흐 제국의 공작의 아들이었기에 자라난 환경부터가 달랐다.

게다가 선천적으로 뛰어나기까지 했으니 남들보다 마경력 차이가 나는 것은 당연지사.

그런 존재였기에 아르킨이 나쁜 남자 행세를 하고 다녀도 여학생들의 인기를 얻을 수 있었던 것이고.

신관이 치료한 것처럼 복부가 완전히 아물자 리엘로트는 상처가 났던 복부를 쓰다듬으며 중얼거렸다.

"하필이면 당신 따위에게 빚을 져 버리다니……."

치료해 준 사람의 입장으로선 배은망덕한 소리일지도 모르겠지만 아르킨은 오히려 입가에 진한 미소를 그렸다.

'그래. 이래야 철혈의 소녀, 리엘로트 답지.'

아르킨은 영원히 오지 않을 것만 같았던 순간이 머지않아 다가올 것이라는 예감이 들었다.

더 이상 장난감이나 먹잇감 취급이 아닌 한 명의 여성으로서 사람을 대하는 순간을…….

Chapter.9

엘도흐 제국을 향하여

무도회장 소동이 막을 내렸다.

여러 가지 일들이 벌어졌지만 그중에서도 가장 학생들 사이에서 오르내린 이야기는 다름 아닌 호문쿨루스였다.

그럴 수밖에 없는 것이 그렇게 많은 학생들 앞에서 똑같은 외모를 한 소녀들이 여러 명이 있었다. 게다가 수비라고는 하나 왕국의 정규병과 왕궁 마법단과 호각으로 싸울 수 있을 정도의 위력을 내보였으니까.

특히나 그 사건이 벌어졌을 당시 무도회장 내에는 연금학과 학생들도 있었다.

연금학과 학생들은 그녀들이 틀림없이 호문쿨루스가 맞

다며 떠벌리는 바람에 잠시 아카데미가 시끌시끌해지기도
했다.

하지만 누군가가 압력이라도 넣은 것일까.

분명 두고두고 화자가 될 만한 소문이었음에도 불구하
고 호문쿨루스 소문은 며칠도 채 가지가 않아 사그라졌
다.

대신 최근에는 정체불명의 꽃미남의 등장으로 인해 아
카데미가 또 한 번 들썩거리고 있었다.

"그때 무도회장에서 정체불명의 꽃미남이 나타났다며?"

"그렇다니깐! 백금발에다가 푸른 눈동자를 하고 있었는
데 그 외모가 아주 아르킨 님 뺨칠 수준이었다고!"

"어머어머. 그냥 뺨만 칠 수준이었니? 내가 봤을 땐 아
르킨 님 그 이상이던데?"

"게다가 그 대상이 놀랍게도 혁명의 소년이라 불리던
테리언이라던데 그것도 정말이야?"

"솔직히 나도 그 자리에 있었지만 여전히 안 믿겨. 기
존의 테리언이라는 소년이랑은 완전히 외모가 달랐거든.
그때 빛 때문에 잘은 못 봤지만……."

그러나 무도회장 소동 이후 더 이상 그 백금발의 소년
은 볼 수 없었다고 한다.

테리언의 모습도 원래대로 돌아왔기에 몇몇은 어떻게
된 거냐고 물어 왔지만 본인은 그저 배시시 웃으면서 무

슨 이야기인지 모르겠다고 대답할 따름이었다.

그래서 소문에서는 그저 추측만이 나돌았다.

누구는 본 모습을 감추고 있었냐니, 누구는 천사가 강림했냐니, 말이다.

한 편 뒤에서 사건을 조종했던 흑막인 시르비안은 여전히 정체를 들키지 않았다.

아르킨과 세니츠는 이미 일찌감치 눈치를 챈 듯했지만 굳이 시르비안의 짓이라고 떠벌리고 다니지 않았다.

애초에 그 둘은 그럴 정도로 칠칠치 못한 이들이 아니었으니까.

단지 시르비안은 귀국하는 동안에도 여전히 불쾌한 표정을 지우지 못했다.

적어도 샘플용 호문쿨루스라도 확보했어야 했는데 왕궁 마법단에서 전부 회수하는 바람에 결국 한 명도 건지지 못했던 것이다.

그러나 어디까지 즉흥적으로 떠올린 계획일 따름이었고 왕태자의 자리는 이미 확정된 것이나 다름없었기에 크게 신경 쓰지는 않았다.

단지 시르비안이 궁금해 했던 건 보수도 받지 않고 도망친 로리아나와 퀼러트의 행방이란 것이었다. 뭐, 그렇다고 그들이 나타나서 보수를 달라 해도 줄 생각은 눈곱만큼도 없었던 시르비안이었지만 말이다.

그렇게 초청되었던 대다수의 귀족과 왕족들이 본국으로 돌아갔으나 유일하게 아직 귀국하지 않은 존재가 하나 있었다.

바로 엘도흐 제국의 제5황녀 세니츠였다.

그녀가 아카데미에 아직도 잔류하고 있는 이유는 오로지 하나였다.

카르반조차 눈을 질끈 감을 정도로 눈부신 섬광이었지만, 세니츠만은 테리언의 변화하는 모습을 똑똑히 보았다.

검은 흑발이 백금발로 변하며 검은 눈동자가 푸른 눈동자로 바뀌는 모습을 말이다.

그리고 그 당시 같이 있던 시중인 자니카가 그 모습을 보며 했던 충격적인 발언이 그녀를 아카데미에 남게 하는 데 결정적인 몫을 하기도 했다.

"틀림없어요! 그분은 10년 전 행방불명 된 황녀님의 오라버니이자 엘도흐 제국의 황태자이신 테리어드 바르칸 엘도흐님이시라구요!"

"내 오라버니…… 란 말이지."

10년 전 세니츠의 나이는 고작해야 3살에 불과했다.

오라버니가 있다는 말은 언니들에게 몇 차례 들었지만,

기억상에 테리어드의 모습은 남아 있지 않았다. 테리어드 본인의 요청으로 인해 초상화도 있지 않았기에 모습조차 알 수 없었던 상황.

그 당시 테리어드로 변한 테리언은 레이시라를 이끌고 어디론가 향하더니 감쪽같이 그 모습을 감추었다. 그 이후에는 다시 본연의 모습으로 돌아왔지만 이미 세니츠는 그가 자신의 오라버니가 맞음을 확신했다.

오라버니의 모습은 기억하지 못하지만 엘도흐 가문 특유의 백금발과 푸른 눈동자는 확실히 자신의 것과 닮았으니까.

'만약 오라버니를 파트너로 데리고 가면 아마 언니들은 물론이며, 모두가 깜짝 놀라겠지?'

문제는 테리언이었다.

그날 이후 테리언을 졸졸 따라다니면서 해명하라고 했지만 어째서인지 테리언은 모르는 일이라며 잡아뗐던 것이다.

한편 아젤리카는 그날 이런 일이 일어날 것임을 예상한 것으로 보이는 세이나 이사장에게 해명을 요구하려 했지만 종적을 감추어 만날 수가 없었다.

그래도 이사장직이니 오래 자리를 비울 수 없을 테지만, 아젤리카는 세이나가 분명 무언가 중대한 것을 숨기고 있음을 눈치챘다.

'결국 모든 비밀은 그 옛날이야기에 있는 건가……'

세이나가 아젤리카에게 들려준 하나의 이야기.

세이나가 엘도흐 제국의 황실에서 마법사로써 일하던 시절에 겪은 일들.

'하지만 정작 중요한 부분만 빼고 설명해서 알 수가 없단 말이야.'

그렇게 서로가 서로를 의심하며 보름이 흘렀다.

무도회장 소동. 그리고 호문쿨루스와 백금발의 소년 소문도 차츰 뜸해져 가던 때.

그날은 아카데미 스카우트에게 있어서는 조금 특별한 날이었다.

그중 가장 긴장하고 있는 존재는 다름 아닌 테리언이었다.

'엘도흐 제국으로 가는 건가……'

과거 이사장실에 처음으로 들어갔었을 때 보았던 두 개의 종이. 그때 하나는 무도회 관련이었으며, 다른 하나는 다름 아닌 엘도흐 제국 설립 기념 축제 관련이었다.

그 당시에는 엘도흐 제국으로 가면 볼거리가 많을 거라며 잔뜩 기대했던 테리언이었지만……

지금의 테리언은 그때와는 조금 달라져 있었다.

여태까지 그가 잊고 있던 잃어버린 기억들의 대다수를 무도회장 사건 이후 대부분 되찾았던 것이다.

'내가 엘도흐 제국의 황태자라니…….'

아직까지 믿겨지지가 않았다.

분명 대부분이 기억이 났지만 여전히 테리언은 그 기억이 자신이 체험했던 기억이 아닌 것만 같은 괴리감을 느끼고 있었다.

게다가 저번에 무도회장 사건 이후 로리에나 클레첼이 어떻게 레이시라와 알고 있었냐며 꼬치꼬치 캐물어 제정신이 아니었다.

그러나 그들도 모르는 테리언만의 사정이 있었다.

'이상하게 그 부분만은 기억나질 않아.'

분명 로리아나가 레이시라를 데리고 오라며 협박하던 때까지는 기억이 났는데, 그 이후 심각한 두통이 느껴지고 나서는 필름이 끊긴 것 마냥 기억이 나지 않았다.

게다가 클레첼이나 로리에 말로는 그때 자신의 모습이 백금발에 푸른 눈동자로 변하기까지 했다고 했으니 테리언으로썬 그저 어리둥절할 따름이었다.

'후우. 이렇게 아니라 얼른 일어나야지.'

침대에서 일어난 테리언은 늘 평소와 같이 씻고 난 후 교복으로 갈아입었다.

그리고 막 아카데미 스카우트 부실을 나서려는데 뒤에서 테리언을 부르는 소리가 들려왔다.

"테리언! 잠깐만 기다려!"

정체는 다름 아닌 제네시드였다.

무도회장 사건 이후 얼마 지나지 않아 제네시드는 완벽히 헤르마프로 병이 치유되었다고 한다.

그리고 그 결과 제네시드는 더 이상 군더기 없는 완벽한 여자로 변한 상태였다.

"잠깐만! 나도 같이 가!"

그리고 연달아 내려오는 또 하나의 여학생이 있었다.

"네, 네리!"

"으응?"

"치, 치마 안 입었어."

헐레벌떡 위층에서 내려오는 네리는 제네시드의 지적에 그제야 자신이 상의만 입고 팬티 차림으로 나왔다는 것을 깨달았다.

"아…… 아무것도 안 봤으니까!"

테리언이 당황해하며 확 고개를 돌리며 덩달아 부끄러워진 네리는 얼굴이 새빨개지며 후다닥 다시 위층으로 올라갔다.

이것이 바로 테리언의 달라진 모습 중 하나였다.

바로 여자에 대한 둔감력이 사라졌다는 것.

사실 테리언이 아카데미 스카우트 부실로 기숙사를 옮겼을 당시에도 여러 가지 해프닝이 일어난 적이 있었다.

무엇보다 자주 일어난 해프닝은 목욕탕 사건이 가장 컸다.

아카데미 스카우트 부실은 한 번에 다섯 명이 넉넉하게 들어갈 정도로 넓었다.

그러나 문제는 목욕탕이 하나밖에 없었기에 남자와 여자가 서로 시간대를 나누어서 사용해야만 했다.

그러다 보면 가끔씩 남자들에게 여자들이 알몸을 노출해야 하는 상황이 우연찮게 벌어지곤 했는데 이때마다 테리언은 대수롭지 않게 넘겼다.

아젤리카와 네이젠은 둘 다 실력자들이었기에 사람의 기척을 감지해 사전에 그런 일이 일어나지 않도록 차단했지만, 테리언은 그런 능력이 없었다.

그러다 보니 가끔 생각 없이 목욕탕에 들어가려다가 목욕을 하고 있는 여자 무리들과 만나는 경우가 종종 있었다.

그러나 이때마다 테리언은 오히려 같이 씻자며 당돌하게 다가오거나, 무슨 일 있었냐는 듯 친근하게 웃기까지 했다.

당연히 처음엔 여자 쪽에서 기겁을 하며 놀랐지만, 애초에 테리언의 성격을 알고 있는 그녀들이다보니 시간이 지나면서 차차 적응해 가던 상황이었다.

그러나 무도회장 사건 이후로 성격이 급변하더니 이제

는 뭔가 조금만이라도 야릇한 상황이 오면 눈에 띄게 당황하거나 얼굴이 빨개지는 행동을 보였다.

즉, 비로소 일반적인 남학생들이 보이는 행동을 하기 시작한 것이었다.

왜 그런 변화를 보였는지 주변 이들로써는 알 길이 없었다. 다만 테리언은 자신의 변화가 되찾은 기억으로인해서가 아닌가 짐작하고 있을 따름이었다.

"이제 나오는 거냐? 늦어도 너무 늦잖아!"

테리언이 부실 문을 열기 무섭게 대뜸 소리를 빽 지르는 한 소녀가 있었다.

그 소녀를 본 테리언은 긴 한숨을 내쉬며 대답했다.

"황녀님, 아직도 안 돌아가신 겁니까?"

"어차피 너희 아카데미 스카우트 부원들이 내일 엘도흐 제국으로 가지 않았다고 하지 않았어? 그때 같이 따라가면 되잖아?"

"분명 말씀드렸어요. 전 그 파트너인지 뭐시기 안 할 거라고요."

사실 원래였다면 파트너란 말에 혹해서 바로 수락했을지도 몰랐다.

기본적으로 테리언은 가슴 만지는 것 다음으로 호기심이 많은 존재였으니까.

그러나 기억을 되찾고 나서 자신이 테리어드라는 사실

을 깨닫고 나니 세니츠를 대하기가 상당히 껄끄럽지 않을
수 없었다.

무엇보다 자신이 테리어드가 맞다면 세니츠는 자신의
막내 동생이나 다름없었다. 게다가 만약 돌아간다 하더라
도 세니츠의 파트너가 된다면 황궁의 파티에 참석해야 한
다고 들었다.

그렇다면 필시 본래 가족일 엘도흐 가문의 사람들과도
만나게 될 터.

'연기도 제대로 못하는데 그런 곳에서 품위니 뭐니 하
는 걸 지키는 건 내 성미에 맞지 않다고.'

게다가 결정적으로 테리언은 아직 떠올리지 못한 기억
이 하나 남아 있었다.

바로 10년 전, 엘도흐 황궁을 빠져나온 이후부터의 기
억이었다.

그 이후에는 여전히 기억이 나지 않았고, 어째서 자신
이 프로티나 왕국의 로렌스카 마을까지 흘러 들어왔는지
여전히 의문투성이일 따름이었다.

'어쩌면 이 기억을 찾으면 비로소 나의 정체성을 되찾
을 수 있지 않을까?'

왜 자신이 기억을 잃어야만 했는지.

왜 자신이 모습이 이렇게 변해 버렸는지.

그 모든 것은 엘도흐 황궁을 빠져나오고 나서의 공백기

에 답이 있을 것이라고 테리언은 판단했다.

'그리고 그러기 위해선 반드시 엘도흐 황궁으로 가야겠지.'

좋든 싫든 실마리를 찾기 위해선 엘도흐 제국으로 향하는 수밖에 없었다.

단지 가긴 가더라도 세니츠의 파트너가 되어서 가는 건 여러모로 부담이 컸다고 생각할 따름이었다.

"테리언, 잘 잤어?"

그때 잠시 상념에 잠겨 있던 테리언의 앞에 클레첼이 다가와 눈웃음을 보내 왔다.

"오빠!"

그리고 연이어 다가온 로리에가 테리언의 오른팔을 끌어안으며 싱긋 웃었다. 그와 동시에 로리에의 풍만한 가슴이 테리언의 팔을 짓누르자 테리언의 얼굴이 화끈 달아올랐다.

"자, 잠깐만. 로리에!"

"으응? 왜?"

"너…… 너무 가깝다고! 좀 떨어져서 걸어!"

"흐응. 왜에?"

"가…… 가슴이……."

"오빠는 가슴 좋아하지 않았어?"

"그건 그런데……."

그러면서 로리에는 장난기 가득한 미소를 지어 보이며 더욱 가슴을 밀착시켰다.

그러자 그 모습을 보던 제네시드가 볼을 부풀리더니 이내 테리언의 다른 손을 끌어안으며 소리쳤다.

"저, 저도 가슴이라면 지지 않아요! 전 이래 봬도 테리언이 많이 만져 줬으니까요!"

"에엑? 뭐야, 오빠. 제네시드 님 말 진짜야?"

"어, 으…… 으응."

두 번째 변화가 있다면 그건 바로 제네시드와 로리에의 사이였다.

과거에는 제네시드가 로리에가 가진 냉혈의 악녀라는 이미지 때문에 다소 두려워했던 면이 있었는데 최근에는 전혀 스스럼이 없는 사이가 되었다.

무엇보다 로리에 자체가 냉혈의 악녀라는 가면을 벗어 던진 것이 큰 몫을 했다.

과거에는 자기 스스로를 지키기 위한 방어 수단으로 사용했었지만 이제 더 이상 로리에는 혼자가 아니었으니까 말이다.

드디어 본연의 상큼 발랄한 성격을 드러낼 수 있는 로리에였던 것이었다.

더불어 아카데미 스카우트에 가입하면서 어지간한 남학생들은 결코 로리에를 건드리지 않게 되었다.

그리고 마지막 변화는 그야말로 단순한 변화 정도가 아닌 지상 최대의 변화였다.

"쿡, 예전의 그 당당함은 다 어디로 간 거냐, 테리언."

"아르킨이네. 그런 너야말로 예전 같은 모습은 다 어디 간 거야?"

"드디어 라스트 보스에 돌입한 셈이지."

"저기요. 사람을 보스 취급하지 마시죠?"

바로 아르킨의 변화였다.

아르킨에게 빚을 진 리엘로트는 그래도 목숨을 구해 주었으니 아르킨에게 빚을 갚고 싶다고 말했다고 한다.

게다가 요리부원들의 짝까지 찾아 주었으니 빚이 두 개나 졌던 상황.

리엘로트에게 있어선 상당히 불쾌할 수밖에 없는 빚이었기에 당장이라도 갚고 싶었던 심정이었다.

하지만 이제 로리에도 안정을 찾았고, 더 이상 눈치를 볼 필요가 없어졌기에 전처럼 순종적으로 나오지는 않았다.

이른바 부탁은 들어주겠지만 네 뜻대로 쉽게 되지 않을 것이라는 기세였달까.

하지만 리엘로트는 그것이 오히려 역효과란 것은 모르고 있었다.

아르킨은 제네시드와 로리에의 사이에 껴 있는 테리언

을 바라보며 픽 웃었다.

그 미소는 언뜻 보면 비웃음조이기도 했지만, 아르킨에게 있어선 좀처럼 볼 수 없는 그만의 미소이기도 했다.

"차차 적응되면 괜찮아질 거다, 테리언. 나도 처음에 여자들에게 인기가 많았을 땐 경험이 없어서 쑥스러웠을 때가 있었거든."

"저, 정말?"

"당연히 거짓말이다. 난 애초에 어렸을 적부터 다른 가문에서 청혼을 하는 여자들로 가득해서 이미 면역력이 생긴 후였거든."

"이 자식이!"

리엘로트 본인만 모르고 있었지만 아르킨이 리엘로트에게 적극적으로 대쉬한다는 사실은 이미 아카데미의 대다수의 여학생들에게 소문이 퍼진 상태였다.

그냥 남학생들이 보기엔 원래 아르킨이니 그러려니 생각하고 있었지만, 여학생들의 입장은 조금 달랐다.

남학생들이 보기엔 이리저리 꼬시고 다니는 바람둥이로 보일지도 몰랐겠지만, 여학생들은 무엇보다 당사자인 이들이 많다 보니 잘 알고 있던 것이었다.

아르킨이 저렇게 적극적으로 대쉬를 하는 경우는 여태껏 단 한 차례도 없었음을.

여자만큼 사랑에 대해 눈치가 빠른 이들도 없지 않다고 하던가.

그 모습에 여학생들은 아르킨이 리엘로트를 좋아하고 있음을 눈치 챘던 것이었다.

당연히 아르킨이 리엘로트에게 대쉬를 한다는 사실이 알려지고 나서 아르킨의 인기는 순식간에 사그라졌다.

애초에 사랑에 빠지는 여학생들의 기본 조건은 임자가 없는 남학생이었으니까 말이다.

"그럼 우린 먼저 가지. 선도부 일은 정말 여러모로 쓸데없는 일을 많이 해서 말이야."

"쓸데없는 일 아니거든요! 그보다 쓸데없다고 생각하면 지금이라도 관두시죠!"

"훗. 새침데기하고는."

"흐이익!"

아르킨이 느끼한 미소를 지어 보이며 손가락으로 리엘로트의 턱 선을 쭉 훑자 리엘로트가 기겁을 하며 뒤로 물러났다.

더불어서 이들의 관계에 대해 설명하자면 아르킨은 리엘로트에게 빚을 없애는 조건으로 자신도 선도부에 들어가겠다고 했던 것이었다.

당연히 선도부에 들어가는 것만큼 지난날의 여러 여자들과의 관계를 청산하겠다는 제안도 해 왔기에 어쩔 수 없이 수락하고만 리엘로트였다.

개인의 입장으로선 마음에 들지 않았지만, 아르킨이 사고를 치지 않겠다면, 남을 위하는 마음이 강한 리엘로트에게 있어선 최선의 판단이었으니까.

아르킨이 왜 그렇게 변했는지는 여전히 의문투성이었지만, 테리언의 변화가 너무 충격적이다 보니 그리 부각되지는 못했다.

그저 당사자인 리엘로트에게만 영원불멸한 미스테리로만 남을 뿐.

그렇게 먼저 학생 교사로 향하는 아르킨과 리엘로트를 바라보며 네리가 재미있다는 듯 실소했다.

"과연 아르킨 님이 리엘로트 님의 마음을 살 수 있을지 기대되네요. 나름 연애에 대해선 고단수라 불리시던 분인데 말이죠."

그러자 옆에 서 있던 클레첼이 맞장구를 쳤다.

"쉽지는 않을 것 같네요. 그래도 리엘로트 님이 아르킨 님에게 쌓인 악감정이 너무 많아서 풀리는 데 꽤 오랜 시간이 걸릴 것 같으니까요."

그러나 결과적으로 보면 아르킨이라면 아예 불가능하지는 않을 것이라는 의견이 많았다.

최근 아르킨이 리엘로트에게 관심을 가진다는 소문이 그녀의 가문 내에서도 퍼져서 난리가 났다고 들었으니 말이다.

안 그래도 평민의 위치에 있는 그녀가 다름 아닌 엘도흐 제국의 공작의 아들과 사귄다. 그것도 차기 당주가 될 자의 아들을!

당연히 리엘로트 부모님의 입장에 있어선 적극적으로 밀어붙여 주고 싶을 심정이었다.

이른바 전제부터가 부모님에게 오케이 사인을 받고 시작하는 연애이니 아르킨에겐 그저 시간문제일 따름이리라.

추가적으로 덧붙이자면 전대 인기남이었던 아르킨의 뒤를 잇는 자가 공교롭게도 바로 테리언이라는 것이었다.

그럴 수밖에 없었다.

무엇보다 무도회장 사건 이후로 남학생들에게 그 모습을 확실히 각인시킨 제네시드.

기존의 날카로운 이미지를 벗어던지고 귀엽고 상냥한 외모로 돌변한 로리에.

이 둘의 파급력으로만 해도 어마어마한데 심지어 엘도흐 제국의 황녀인 세니츠마저 테리언을 졸졸 따라다니기까지 하니, 인기남으로 불리지 않는 것이 오히려 이상할 정도가 되어 버렸다.

게다가 여기서 끝이 아니었다.

무도회장 사건 당시 테리언이 초절정 미소년으로 변한 모습을 직접 본 몇몇의 여학생들까지 제네시드와 로리에가 없을 때면 치근덕대기까지 했다.

"아, 이제 됐으니까 혼자 걸을게!"

간신히 제네시드와 로리에를 뿌리친 테리언이 마침내 안도의 한숨을 내쉴 때였을까.

펄럭.

뿌리칠 때 저도 모르게 거칠게 움직이다 보니 테리언의 교복 안주머니에서 무언가 흘러나와 바닥에 떨어졌다.

"어라?"

그 모습을 먼저 발견한 세니츠가 테리언이 떨군 무언가를 집어 들어 바라보았다.

"응? 이건 뭐야, 테리언?"

"네? 이건 뭐냐니…… 헉!"

네리와 클레첼은 뭔가 싶어 세니츠가 집어 든 종이를 바라보더니 이윽고 두 눈동자를 동그랗게 뜨며 손으로 입을 가리는 시늉을 보였다.

그 모습을 본 제네시드와 로리에도 뭔가 싶어서 바라보았다.

그 종이는 다름 아닌 누군가가 찍혀 있는 사진이었다.

가장 먼저 반응을 보인 것은 제네시드였다.

"이, 이거 혹시……."

그 다음에는 로리에의 반응.

그녀는 잠시 얼굴에 홍조빛을 띄우더니 두 손을 얼굴에 감싸 쥐며 두 눈을 질끈 감아 버렸다.

"꺄아. 어쩌면 좋아!"

그 사진은 다름 아닌 어릴 적의 로리에가 찍혀 있는 사진!

공교롭게도 테리언이 로렌스카 마을에서 나오던 때 로턴이 테리언에게 넘겨 준 로리에의 사진이었던 것이었다.

괜히 샘이 난 제네시드가 왜 어릴 적 로리에의 사진을 가지고 있냐고 추궁하자 당황한 테리언이 얼떨결에 대답해 버렸다.

"그, 그게 내가 이 아카데미에 오기 전에 로턴 아저씨가 꼬드겨서 말이야. 만약 아카데미에 가입하면 로리에의 가슴을 마음껏 만져도 된다고 해서 편입하게 됐…… 힙!"

그제야 자신이 실수를 했다는 것을 깨닫고는 황급히 손으로 입을 가로막았으나 이미 엎질러진 물이었다.

로리에는 아예 얼굴이 새빨개지다 못해 진득한 시선으로 테리언을 바라보았다.

"그런 거라면 처음부터 말하지 그랬어. 테리언 오빠라면……."

자신의 두 가슴을 움켜쥐면서 테리언을 향해 한 걸음씩 한 걸음씩 다가오는 로리에.

테리언은 그 눈빛과 표정이 상당히 위험해 보인다고 본능적으로 느꼈다.

본래라면 얼씨구나 하고 덥석 만졌을 그였겠지만…….

대체 왜일까.

전과는 다르게 이제는 가슴조차도 함부로 못 만지게 되어 버린 테리언이었던 것이다.

"어어…… 아차! 곧 있으면 수업 시작하니까 먼저 가 볼게, 그럼 안녕!"

"아앗! 오빠!"

"그럼 저도 이만 가 볼게요!"

"저도요!"

테리언이 후다닥 도망가자 같은 F반인 클레첼과 네리도 급히 인사를 나누며 테리언을 쫓아갔다.

그 뒷모습을 바라보며 로리에는 못내 아쉬운 표정을 지으며 뾰로통한 표정을 지을 따름이었다.

"우우. 차라리 예전의 테리언 오빠였을 때 적극적으로 대쉬했어야 했는데."

"그러게요."

"그런데 제네시드 님은 안 따라가세요?"

제네시드는 다름 아닌 S반.

원한다면 어느 클래스이든 간에 수업 참여가 가능했다.

그러나 제네시드는 고개를 저으며 대답했다.

"저도 이제 슬슬 본래의 S반으로 돌아가야죠. 그동안 너무 흐지부지해져서 전략 전술 공부가 많이 더뎌졌거든요."

그러면서 제네시드는 주변을 둘러보다가 어느 샌가 세니츠가 자취를 감추었다는 것을 깨달았다.

워낙 신출귀몰한 존재였는지라 눈치가 빠른 제네시드라도 언제 나타고 언제 사라지는지 감을 잡지 못할 정도였다.

'그나저나 테리언은 대체 왜 변한 걸까.'

모두는 그다지 대수롭지 않게 생각하고 있었지만 사실 제네시드는 테리언의 변화에 심상치 않은 무언가를 예감했다.

무엇보다 전략 전술에 능하다 보니 이런 쪽에는 민감했기 때문이었을까.

사람의 심리는 쉽게 변하지 않는다.

무언가 정체성의 큰 타격을 받을 만한 일을 겪거나 그런 경험을 하지 않는 이상 말이다.

'혹시 테리언이 무언가 숨기고 있는 사실이 있는 건 아닐까?'

문득 그런 생각이 들었지만 이내 고개를 저었다.

무언가 의아하긴 했지만 지금으로썬 나쁘지 않은 생활을 지내고 있었다.

아니, 오히려 전에 비하면 만족 그 이상의 행복한 생활을 지내고 있었기에 뿌듯함을 느꼈다.

그랬기에 깊게 생각하지 않기로 했다.

원인이 어떻든 간에 결과는 좋으니까 말이다.

'뭐, 내가 너무 민감해진 걸 수도 있겠지.'

＊　　　＊　　　＊

정규 수업이 끝이 났다.

그러나 테리언과 클레첼, 그리고 네리는 반에서 나가지 못하고 무언가를 열심히 끼적이고 있었다.

그것은 바로 상위 클래스 반에 오르기 위한 진급 시험이었다.

여태까지 아카데미 생활을 하면서 유일하게 A반이라 로리에만은 클레첼과 네리에 비해 테리언과 자주 만나기가 힘들었다.

고작해야 등교 시간과 점심시간 그리고 실습 시간 때 가끔 만나는 정도.

물론 휴일에는 다 같이 모여 놀았지만, 역시 서로 반이 떨어져 있다 보니 소외감이 느껴지는 건 어쩔 수가 없는 노릇이었다.

그래서 그런 로리에를 위해 테리언과 네리, 클레첼은 서로 합심하여 A반 클래스로 가자고 결심했던 것이었다.

그럴 수밖에 없었던 것이 소외감을 버티다 못한 로리에가 일부러 성적을 떨어트려서 F반으로 오겠다며 징징대는 상황까지 벌어졌기 때문이었다.

"으으. 억지로 외우려니까 더 안 외워지네요."

"그래도 로리에 님을 F반으로 데리고 올 수는 없으니까."

"하지만 네리 님도 잘 안 외워져서 힘들어 하시잖아요?"

"그, 그렇긴 한데……."

애초에 네리와 클레첼은 무술 계열 종사자였기에 공부에는 취약할 수밖에 없었다.

반면 그녀들이 놀란 것은 테리언의 모습이었다.

"그나저나 테리언. 이건 어떻게 푸는 거야?"

"음? 그건 이렇게 해서 저렇게 풀면……."

결국 골머리를 앓던 클레첼이 질문을 해 오자 테리언이 대수롭지 않게 문제를 푸는 방법을 속 시원하게 가르쳐 주었다.

그 모습을 본 네리는 신기하다는 눈빛으로 쳐다보았다.

"난 테리언이 저렇게 공부를 잘하는지 전혀 몰랐어."

"사실 저도 몰랐거든요. 처음 편입하던 당시에 내내 졸기만 해서 못하는 줄 알았는데……."

실제로 테리언은 매번 시험을 볼 때마다 항상 0점을 받았었다.

게다가 테리언이 워낙 가벼운 인상이다 보니 공부는 못하겠거니 자연스럽게 생각했는데 알고 보니 아니었던 것이었다.

단순히 하려고 들지 않았기에 성적이 안 나왔을 뿐, 로리에를 위해서 공부를 하고자 결심했더니 그 이후로부터는 매 시험마다 전부 백 점을 맞기 시작했던 것이다.

"혹시 안에 테리언이랑 클레첼 있니?"

그렇게 서로 반에 남아서 공부를 하고 있는데 문득 교실 문이 열리며 한 여성의 목소리가 들려왔다.

"어라? 양호 선생님이 여긴 웬일이세요?"

"아, 네리도 있구나. 으음. 그러고 보니 네리도 그 당시 있었으니 같이 동행해도 되겠구나."

"그게 무슨……."

잠시 바깥 주변을 두리번거리던 셀리가 이내 진지한 표

정이 되어 말했다.

"그때 그 호문쿨루스 소녀들. 결과가 나왔단다."

"정말요?"

클레첼이 책상에서 벌떡 일어나며 소리쳤다.

무엇보다 자신의 부주의로 인해 그렇게 만신창이가 되도록 다친 소녀들이 아니던가.

비록 명령으로 인한 어쩔 수 없는 처사였다고는 하나 클레첼은 여전히 미안함을 지우지 못하고 있었다.

"그 호문쿨루스들을 만든 제작자가 기폭술식을 걸어 놨더라 하나 봐. 그래서 그걸 한 명, 한 명 해제하는 데 시간이 걸렸었어."

"그, 그럼 지금 당장 만나 볼 수 있나요?"

"물론. 프로티나 왕궁 마법단 본부로 가면 만날 수 있단다. 따라오겠니?"

"네!"

"저, 저도요!"

클레첼과 네리는 가방에 짐을 챙기며 후다닥 교실을 나섰다.

그리고 테리언도 짐을 챙긴 후 자연스레 따라가려는데 돌연 셀리가 가로막았다.

"선생님?"

"테리언. 너는 따로 만나 봐야 할 사람이 있다."

"네?"

"이사장실 어딘지 알고 있지? 거기로 가 보거라. 이사장님이 기다리고 계실 거야."

셀리는 그 말을 끝으로 클레첼과 네리를 데리고 학생교사를 빠져나가기 시작했다.

그 뒷모습을 바라보던 테리언.

'방금 뭐였지?'

클레첼과 네리는 호문쿨루스들의 생각에 들떠 있었기에 눈치채지 못한 듯싶었지만 테리언은 느낄 수 있었다. 셀리의 표정이 상당히 딱딱하게 굳어 있었다는 것을.

왜 그런가 싶었지만 일단 가보라고 하니 어쩔 수 없이 이사장실로 향했다.

'그러고 보니 이사장실은 그때 이후 두 번째인가.'

처음엔 단순한 호기심으로 들어간 것이었는데 우연히 무도회 개최와 엘도흐 제국 호위 안건이 적힌 종이를 발견했었다.

'엘도흐 제국…… 인가.'

아젤리카의 말에 의하면 오늘 밤 중으로 출발한다고 들었다. 순간 이동 마법진의 도움을 받는다 하더라도 족히 한나절이 걸리기에 일찍 출발할 필요성이 있다는 것이었다.

'분명 그곳에 가면 내 마지막 기억을 되찾을 수 있겠지.'

마침내 이사장실 앞에 도착한 테리언이 문을 열고 안으로 들어섰다.

"어?"

그 안에는 이사장 세이나가 서 있었다.

그런데 세이나뿐만이 아니었다.

아카데미 담벼락에서 로턴과 같이 있던 데니크와, 왕궁으로 돌아간 줄 알았던 레이시라까지 있었던 것이다.

한편 데니크는 게슴츠레한 눈으로 테리언을 바라보더니 이내 둔중한 신음을 흘렸다.

"확실하군. 하지만 이해가 안 가네. 왜 그분은 내가 아닌 너에게만 진실을 알려 주셨던 거지?"

"당신은 너무 고지식하니까. 나처럼 재치 있는 사람에게 맡기고 싶은 게 당연한 거 아니겠어?"

"끄응. 이래 봬도 내가 가장 오랫동안 그분 곁에 있는 사람인데 이거 배신감 느끼는군."

"저기, '그분' 이라니……. 무슨 소리죠?"

테리언은 세이나와 데니크가 서로 구면인 사이마냥 친근하게 대화하는 모습을 보며 의아한 표정을 지었다.

"그나저나 이거 참 난감하겠군."

"하지만 어쩔 수 없잖아. 이대로 내버려 두면 더욱 큰 일이니까."

도대체 영문을 알 수 없는 소리였다.

표정을 보니 자신을 두고 하는 듯한 이야기 같은데 어째서인지 테리언은 이상하게 동질감이 느껴지지 않는다고 느꼈다.

바로 그때, 세이나와 데니크가 한참 대화하는데 돌연 레이시라가 끼어들며 말했다.

"이제 슬슬 오라버니를 깨워 주세요."

"오라버니를 깨워 달라니 그게 무슨……."

딱!

그 순간 세이나가 손가락을 튕기자 그와 동시에 테리언은 그때와 똑같은 두통을 느끼며 자리에서 주저앉았다.

"크으으윽! 대, 대체 무슨 짓을!"

그 모습을 바라보는 세이나와 데니크의 표정에는 심각함은 묻어나 있어도 당황하지는 않았다. 오히려 테리언의 두통을 알고 있었다는 듯이.

세이나와 데니크는 의식을 잃어 가는 테리언을 바라보며 서로 대화를 나누었다.

"이거 상당히 동조화가 진행된 것 같군."

"때는 언제일 것 같은가?"

"아마 짧아도 일주일일 거야. 그 이전에 슬슬 의식을 치러야……."

점점 흐릿해져 가는 그들의 목소리를 마지막으로 테리

언을 끝내 의식을 잃어버렸다.

＊　　＊　　＊

아무것도 보이지 않는 새카만 어둠.

그 속에서 마침내 눈을 떴다.

주변을 둘러보았으나 아무것도 손에 닿지 않았고 아무
것도 발에 닿지 않았다.

허공에 둥둥 떠다니고 있는 듯한 기분이랄까.

밑도 끝도 보이지 않는 어둠 속에서 유영하듯이 앞으로
나아가던 바로 그때.

비로소 시야에 들어온 한 인영이 있었다.

"정신이 들었나."

"넌…… 누구야?"

"난 너이고, 너는 나다."

"그게 무슨?"

"하지만 그건 현재 상태를 뜻하는 것이고, 실제로는 다
르다고 볼 수 있지."

인영은 점점 형태가 뚜렷해지더니 이윽고 본 모습을 드
러냈다.

찰랑거리는 백금발에 청안을 가진 소년.

아르킨 버금가는 조각외모를 가진 소년이 그곳에 서 있

었다.

소년이 말했다.

"처음엔 조금 불안했다. 결국 나는 그녀의 약속을 지키지 못하고 의식에 묻혀 버렸기 때문에⋯⋯. 못내 아쉬웠다고 생각했다. 하지만 운명이었던 걸까. 놀랍게도 나는 다시 그녀와 만날 수 있었다. 비록 내가 아닌 너로써의 만남이었지만 말이야."

"⋯⋯."

"처음엔 그녀도 어리둥절했을 거다. 분명 다른 외모인데 기척은 나와 비슷했을 테니까. 그리고 무엇보다 결정적으로 네가 그녀의 가슴을 만졌을 때 아마 그녀는 깨달았던 걸지도 모르겠지."

"혹시 레이시라 공주님을 말하는 거야?"

소년은 질문에 대답하지 않았다.

그저 묵묵하게 자신의 할 말을 하고 있을 따름이었다.

"이것 또한 운명이라는 것이었을까. 아니, 운명의 장난이었던 걸지도 모르겠군. 돌아오면 가슴을 만져 주겠다고 했었는데 설마 그걸 네가 이뤄 주었을 줄 말이다. 사실 꽤 위험했었다. 도중에 네가 머리를 다치는 바람에 인격에 잠시 혼선이 있었거든."

소년이 말하는 것은 분명 로리에와 처음 만났던 날, 화

재에서 몸을 던지던 도중에 잔해더미에 머리를 얻어맞은 것을 말하는 것이 틀림없었다.

소년의 말이 이어졌다.

"그리고 그 결과 내 의지 중 하나가 실수로 너에게 흘러 들어가고 말았다."

"의지라면……."

"그래, 바로 가슴을 만진다는 것. 내가 과거 그 영감과 내기했을 당시 내 뇌리에 각인되었던 강렬한 의지 중 하나였지."

"그렇다면 너는 설마……!"

소년은 미소 지었다.

그러나 그 미소는 결코 행복한 웃음 따위가 아니었다.

미적지근한, 마치 세상의 모든 것을 깨달은 현자가 느끼는 공허함을 웃음으로 나타낸 것 같은 미소였다.

"그래, 내가 바로 테리어드 바르칸 엘도흐다."

엄청난 혼란스러움이 들었다.

만약 저 소년이 테리어드라면…….

자신은 뭐란 말인가?

자신은 지금 또 하나의 나와 마주하고 있단 말인가?

그렇다면 그 동안 꿈에서 보았던 그 기억들이 괴리감이 느껴진 것도 사실은…….

"너는 나다. 하지만 완벽한 나라고 보기는 어렵지."

"무슨…… 말이지?"

"왜냐하면 너는 나의 육체에 깃들면서 내 기억을 토대로 탄생한 복제 인격이니까."

〈『프리크』제5권에서 계속〉

프리크 *Freak*

1판 1쇄 찍음 2014년 1월 7일
1판 1쇄 펴냄 2014년 1월 10일

지은이 | 엄주현
펴낸이 | 정 필
펴낸곳 | 도서출판 **뿔미디어**

편집장 | 이재권
기획 · 편집 | 윤영상
편집디자인 | 이진선

출판등록 | 2002년 9월 11일 (제1081-1-132호)
주소 | 경기도 부천시 원미구 상동로 117번길 49(상동) 503호 (우)420-861
전화 | 032)651-6513 / 팩스 032)651-6094
E-mail | bbulmedia@hanmail.net
홈페이지 | http://bbulmedia.com

값 8,000원

ISBN 978-89-6775-989-6 04810
ISBN 978-89-6775-485-3 04810 (세트)